文学常识丛书

情规义劝

翟民　主编

黄河出版传媒集团
阳光出版社

图书在版编目（CIP）数据

情规义劝 / 翟民主编. —— 银川：阳光出版社，
2016.9（2020.12重印）
（文学常识丛书）
ISBN 978-7-5525-3037-7

Ⅰ.①情… Ⅱ.①翟… Ⅲ.①古典散文－文学欣赏－
中国－青少年读物 Ⅳ.①I207.62-49

中国版本图书馆CIP数据核字(2016)第234853号

文学常识丛书 情规义劝　　　　　　翟民　主编

责任编辑　徐文佳
封面设计　民谐文化
责任印制　岳建宁

黄河出版传媒集团
阳 光 出 版 社　出版发行

出 版 人　薛文斌
地　　址　宁夏银川市北京东路139号出版大厦（750001）
网　　址　http：//www.ygchbs.com
网上书店　http：//www.shop129132959.taobao.com
电子信箱　yangguangchubanshe@163.com
邮购电话　0951-5047283
经　　销　全国新华书店
印刷装订　河北燕龙印刷有限公司
印刷委托书号　（宁）0019159

开　　本　710 mm×1000 mm　1/16
印　　张　10
字　　数　120千字
版　　次　2016年11月第1版
印　　次　2021年1月第2次印刷
书　　号　ISBN 978-7-5525-3037-7
定　　价　30.00元

前 言

　　源远流长的中华五千年文化，滋养着生生不息的中华民族。那些饱含圣贤宗师心血的诗歌、散文，历经了发展和不断地丰富，融入了中华民族的血脉，铸就了中华民族的脊梁，毋庸置疑地成为宝贵的文化遗产、永恒的精神食粮、灿烂的智慧结晶。然而受课时篇幅所限，能够收入到中小学教科书的经典作品必定是极少数。为此，我们精心编辑了这一套集古代经典诗歌分类赏析、古代经典散文分类赏析为一体的《文学常识丛书》。

　　本套丛书包括：古代经典诗歌分类赏析共十册——《诗中水》《诗中情》《诗中花》《诗中鸟》《诗中雨》《诗中雪》《诗中山》《诗中日》《诗中月》《诗中酒》；古代经典散文分类赏析共十册——《物华风清》《人和政通》《诙谐闲趣》《情规义劝》《谈古喻今》《修身养性》《奇谋韬略》《群雄争锋》《逝者如斯》《天下为公》。

　　读古诗，我们会发现诗人都有这样一个特征——托物言志。如用"大鹏展翅""泰山绝顶"来抒发自己对远大抱负的追求，用"梅兰竹菊""苍松劲柏"来表达自己对崇高品格的追慕；用"青鸟红豆""鸿雁传书"寄托相思，用"阳关柳色""长亭古道"排解离愁，用"浮云"来感慨人生无常、天涯漂泊，用"流水"来喟叹时光易逝、岁月更替，用"子规"反映哀怨，用"明月"象征思念……总之，对这些本没有思想感情的自然物，古代诗人赋予它们以独特的寓意，使之成为古诗中绚丽多彩的意象。正是这些意象为古诗增添了无穷的魅力。

　　古典散文同样也散发着艺术的光辉，但更引人瞩目的是它所蕴含的思想精华，或纵论古今，或志异传奇，或微言大义，或以小见大，读后不禁让我们对古人睿智的思想和优美的文笔赞叹不已。

希望能通过这套丛书，使广大中学生对祖国光辉灿烂的文化遗产有一个更深刻的认识。

编者

目　录

作品简介

　　《论语》是一部记载孔子及其弟子言行的书，它由孔子的弟子和再传弟子编辑而成。孔子学说的核心思想是"仁"，《论语》中始终如一地贯穿了他的这一思想。《论语》作为孔子及门人的言行集，内容十分广泛，多半涉及人类社会生活问题，对中华民族的心理素质及道德行为起到过重大影响。直到近代新文化运动之前，约在 2000 多年的历史中，一直是中国人的初学必读之书。

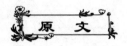

《论语》十则

子曰:"学而时习之,不亦乐①乎? 有朋自远方来,不亦乐乎? 人不知而不愠②,不亦君子乎?"

子曰:"温故而知新,可以为师矣。"

子曰:"学而不思则罔③,思而不学则殆。"

子曰:"由,诲女知之乎? 知之为知之,不知为不知,是知也。"

子贡问曰:"孔文子何以谓之'文'也?"子曰:"敏而好学,不耻下问,是以谓之'文'也。"

子曰:"默而识之,学而不厌,诲人不倦,何有于我哉!"

子曰:"三人行,必有我师焉;择其善者而从之,其不善者而改之。"

子曰:"知之者不如好之者,好之者不如乐之者。"

子在川上曰:"逝者如斯夫,不舍昼夜。"

子曰:"吾尝终日不食,终夜不寝,以思,无益,不如学也。"

①说:高兴。

②愠:恼怒。

文学常识丛书

③罔：迷惑不解。

译 文

孔子说："学习知识，进而按时温习它，不也是令人高兴的事吗？有朋友从远方而来，不也是令人快乐的事儿吗？别人不了解我，可是我自己并不恼怒，不也是品德高尚的人所具有的吗？"

孔子说："温习旧的知识，进而懂得新的知识，这样的人可以做老师了。"

孔子说："光读书学习不知道思考，就迷惑不解；光思考却不去读书学习，就什么都学不到。"

孔子说："由（子路）！教给你什么叫'知'吧！知道就是知道，不知道就是不知道，这就是真正的知啊！"

子贡问道："孔文子凭什么被人们谥为'文'呢？"孔子说："孔文子聪敏好学，不认为向不如自己的人请教是羞耻，因此谥他为'文'啊！"

孔子说："默默地记住所学的知识，学习却不感觉满足，教导他人不知疲倦，这些对我来说，有哪一点是我所具备的呢？

孔子说："三个人在一起行路，一定有可以作为我的教师的人在中间；选择他们的长处来学习，他们的短处，自己如果也有，就要改掉它。"

孔子说："懂得它的人不如喜爱它的人，喜爱它的人又不如以它为乐的人。"

孔子在河边说："消逝的时光像这河水一样呀！日夜不停。"

孔子说："我曾经整天不吃，整晚不睡，用来思考，却没有长进，不如去学习。"

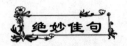

绝妙佳句

学而不思则罔，思而不学则殆。

知之为知之，不知为不知，是知也。

敏而好学，不耻下问。

学而不厌，诲人不倦。

三人行，必有我师焉。

逝者如斯夫，不舍昼夜。

文学常识丛书

作品简介

　　《国语》是古代国别体史料的汇编。旧传春秋时左丘明撰，现一般认为是先秦史家编纂各国史料而成。全书共 21 卷，分《周语》《鲁语》《齐语》《晋语》《郑语》《楚语》《吴语》《越语》八个部分，其中以《晋语》最多。全书起自周穆王，终于鲁悼公，以记述西周末年至春秋时期各国贵族言论为主，因其内容可与《左传》相参证，所以有《春秋外传》之称。《国语》的思想比较驳杂。它重在记实，所以表现出来的思想也随所记之人、所记之言不同而各异。

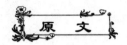

召公谏厉王弥谤

厉王①虐②，国人③谤④王。召公⑤告曰："民不堪命⑥矣！"王怒，得卫巫⑦，使监⑧谤者。以告，则杀之。国人莫敢言，道路以目⑨。

王喜，告召公曰："吾能弭⑩谤矣，乃⑪不敢言。"召公曰："是⑫障⑬之也。防民之口，甚于防川；川雍⑭而溃⑮，伤人必多。民亦如之。是故⑯为川者⑰，决之使导⑱；为民者⑲，宣之使言⑳。故天子听政㉑，使公卿㉒至于㉓列士㉔献诗，瞽㉕献典，史献书㉖，师箴㉗，瞍赋㉘，矇诵㉙，百工㉚谏，庶人传语㉛，近臣㉜尽规㉝，亲戚㉞补察㉟，瞽、史㊱教诲，耆艾㊲修㊳之，而后王斟酌焉。是以事行而不悖㊴。民之有口也，犹㊵土之有山川也，财用于是㊶乎出㊷；犹其有原㊸隰㊹衍㊺沃㊻也，衣食于是乎生。口之宣言㊼也，善败㊽于是乎兴㊾。行善㊿而备败[51]，所以[52]阜[53]财用衣食者也。夫民虑之于心，而宣之于口，成而行之[54]，胡可雍也？若雍其口，其与能几何[55]？"

王弗听，于是国人莫敢出言。三年[56]，乃流王于彘[57]。

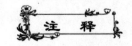

①厉王：周厉王，名胡，夷王之子，公元前878—公元前841年在位，是

历史上有名的暴君。

②虐：暴虐，残暴。

③国人：古代把住在大邑里的工商业者称为国人，这里泛指民众。

④谤：指斥过失。

⑤召(shào)公：即邵穆公，名虎，周厉王的卿士。

⑥不堪命：忍受不了暴虐的政令。堪，胜、任。

⑦得卫巫：找来一些卫国的巫人。巫，以降神、替人祈祷为职业的人。

⑧监：监视。

⑨道路以目：路上相遇，彼此用眼睛示意。意谓人们因害怕被怀疑为谤王，见面不敢讲话。

⑩弭(mǐ)：禁止，消除。

⑪乃：终于。

⑫是：这，指厉王弭谤的方法。

⑬障：防水堤，此用作动词，筑堤堵塞。

⑭川壅(yōng)：河水堵塞。

⑮溃：决口，崩溃。

⑯是故：因此。

⑰为川者：治河的人。

⑱决之使导：疏浚水道使它流通。

⑲为民者：治理百姓的人。

⑳宣之使言：宣导百姓使他们能尽言。宣，宣导。

㉑听政：处理朝政。

㉒公卿：三公九卿。三公指太师、太傅、太保，九卿指少师、少傅、少保、冢宰、司徒、宗伯、司马、司寇、司空。

㉓至于：以及。

㉔列士：指上士、中士、下士。

㉕瞽(gǔ)：盲乐师。

㉖史献书：史官进献史籍。

㉗师箴(zhēn)：少师进规箴的言辞。师，少师。箴，规劝的言辞，这里用作动词。

㉘瞍(sǒu)赋：盲人诵读公卿列士等所献的诗。瞍，无眸子的盲人。赋，以抑扬顿挫的声调来朗读。

㉙矇(méng)诵：盲人讽诵箴谏的文辞。矇，有眼珠而看不见的盲人。

㉚百工：各种工匠艺人，一说百官。

㉛庶人传语：平民把意见辗转反映给君王。

㉜近臣：君王左右的臣子。

㉝尽规：尽情尽责地规谏。

㉞亲戚：指与君王同族的亲属。

㉟补察：弥补过失，监察行为。

㊱瞽史：乐师和史官。

㊲耆(qí)艾：古称六十岁为耆，五十岁为艾。这里指朝中有德望的老臣。

㊳修：修治，这里意思是劝谏。

㊴悖(bèi)：逆，违背。

㊵犹：犹如。

㊶于是：由此，从这里。

㊷出：生产出来。

㊸原：宽而平坦的土地。

㊹隰(xí)：低而潮湿的土地。

㊺衍：低而平坦的土地。

㊻沃:有河流可灌溉的土地。

㊼口之宣言:百姓口中自由说出的话。

㊽善败:好坏。

㊾兴:体现,表现。

㊿行善:推行好的。

51备败:防止坏的。

52所以:用以……的方法。

53阜:增加。

54成而行之:考虑成熟后,自然流露出来。成,成熟。行,表现、流露。

55其与能几何:能有几个人赞助你呢? 与,赞助、赞同;一说为语助词。几何,多少;一说多久。

56三年:三年后,指公元前842年。

57流王于彘(zhì):把厉王流放到彘地。彘,地名,在今山西霍县。

译文

周厉王暴虐,国都里的人公开指责厉王。召穆公报告说:"百姓不能忍受君王的命令了!"厉王发怒,寻得卫国的巫者,派他监视公开指责自己的人。巫者将这些人报告厉王,就杀掉他们。国都里的人都不敢说话,路上彼此用眼睛互相望一望而已。

厉王高兴了,告诉召公说:"我能止住谤言了,大家终于不敢说话了。"召公说:"这是堵他们的口。堵住百姓的口,比堵住河水更厉害。河水堵塞而冲破堤坝,伤害的人一定很多,百姓也像河水一样。所以治理河水的人,要疏通它,使它畅通,治理百姓的人,要放任他们,让他们讲话。因此天子治理政事,命令公、卿以至列士献诗,乐官献曲,史官献书,少师献箴言,盲者朗诵诗歌,矇者背诵典籍,各类工匠在工作中规谏,百姓请人传话,近臣尽心规劝,亲戚弥补监察,太师、太史进行教诲,元老大臣整理阐明,然后君王考虑实行。所以政事得到推行而不违背事理。百姓有口,好像土地有高山河流一样,财富就从这里出来;好像土地有高原、洼地、平原和灌溉过的田野一样,衣食就从这里产生。百姓口中自由说出的话,政事的好坏就建立在这上面。实行好的而防止坏的,这是丰富财富衣食的基础。百姓心里考虑的,口里就公开讲出来,天子要成全他们,将他们的意见付诸实行,怎么能堵住呢? 如果堵住百姓的口,将能维持多久?"

厉王不听,于是国都里的人再不敢讲话。三年以后,便将厉王放逐到彘地去了。

 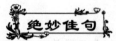

绝妙佳句

防民之口,甚于防川。

文学常识丛书

作品简介

《左传》原名为《左氏春秋》,汉代改称《春秋左氏传》,简称《左传》。《左传》全书约18万字,按照鲁国从隐公到哀公一共12个国君的顺序,记载了春秋时代254年间各诸侯国的政治、军事、外交和文化等方面的重要史实,内容涉及当时社会生活的各个方面。作者在记述史实的同时,也透露出了自己的观点。理想和情感态度,记事写人具有相当的艺术性,运用了不少巧妙的文学手法,尤其是写战争和外交辞令,成为全书中最为精彩的部分。因此,《左传》不仅是一部杰出的编年史著作,同时也是杰出的历史散文著作。

有关《左传》的作者,至今仍然没有一致的看法。唐代以前,人们大多相信作者是与孔子同时的鲁国史官左丘明。但是这一说法存在很多矛盾,唐代以后不断有人提出怀疑,有人认为作者是一位不知名的史学家,也有人认为作者不止一人。不过,大多数人认为,《左传》的编定成书是在战国初年。

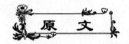

王孙满对楚子

楚子伐陆浑之戎，遂至于洛，观兵于周疆。定王使①王孙满劳②楚子。楚子问鼎之大小轻重焉。对曰："在德③不在鼎。昔④夏之方有德也，远方图物，贡金九牧，铸鼎象物，百物而为之备，使民知神、奸。故民入川泽、山林，不逢不若。魑魅魍魉，莫能逢之。用能协于上下，以承天休。桀有昏德，鼎迁于商，载祀六百。商纣暴虐，鼎迁于周。德之休明，虽小，重也。其奸回昏乱，虽大，轻也。天祚明德，有所厎止。成王定鼎于郏鄏，卜世三十，卜年七百，天所命也。周德虽衰，天命未改。鼎之轻重，未可问也。"

 注 释

①使：派遣。

②劳：慰劳。

③德：德行。

④昔：以前。

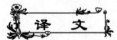 译 文

楚庄王讨伐陆浑之戎，于是来到洛河，陈兵于周王室境内。周定王派

王孙满慰劳楚庄王。楚庄王问起了九鼎的大小和轻重。王孙满回答说："大小、轻重在于德行而不在于鼎。以前夏代刚刚拥立有德之君的时候，描绘远方各种奇异事物的图象，以九州进贡的金属铸成九鼎，将所画的事物铸在鼎上反映出来。鼎上各种事物都已具备，使百姓懂得哪些是神，哪些是邪恶的事物。所以百姓进入江河湖泊和深山老林，不会碰到不驯服的恶物。像山精水怪之类，就不会碰到。因此能使上下和协，而承受上天赐福。夏桀昏乱无德，九鼎迁到商朝，达六百年。商纣残暴，九鼎又迁到周朝。德行如果美好光明，九鼎虽小，也重得无法迁走。如果奸邪昏乱，九鼎再大，也轻得可以迁走。上天赐福有光明德行的人，是有个尽头的。成王将九鼎固定安放在王城时，曾预卜周朝传国三十代，享年七百载，这个期限是上天所决定的。周朝的德行虽然衰退，天命还未更改。九鼎的轻重，是不可知道的。"

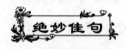

在德不在鼎。

鼎之轻重，未可问也。

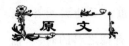

宫之奇谏假道

晋侯①复②假道③于④虞以⑤伐⑥虢。宫之奇⑦谏⑧曰:"虢,虞之⑨表⑩,虢亡,虞必从之。晋不可启⑪,寇⑫不可玩⑬,一⑭之⑮为甚⑯,其⑰可再⑱乎⑲?谚⑳所谓㉑'辅㉒车㉓相依,唇亡齿寒'者,其㉔虞、虢之谓㉕也㉖。"

公曰:"晋,吾宗也,岂害我哉?"对曰:"大伯、虞仲,大王之昭也,大伯不从,是以不嗣。虢仲、虢叔,王季之穆也,为文王卿士,在王室,藏于盟府。将虢是灭,何爱于虞?且虞能亲于桓、庄乎,其爱之也?桓、庄之族何罪,而以为戮,不唯逼乎?亲以宠逼,犹尚害之,况以国乎?"

公曰:"吾享祀丰洁,神必据我。"对曰:"臣闻之,鬼神非人实亲,惟德是依。故《周书》曰:'皇天无亲,惟德是辅。'又曰:'黍稷非馨,明德惟馨。'又曰:'民不易物,惟德繄物。'如是,则非德民不和,神不享矣。神所冯依,将在德矣。若晋取虞,而明德以荐馨香,神其吐之乎?"

弗听,许晋使。宫之奇以其族行,曰:"虞不腊矣,在此行也,晋不更举矣。"

冬,晋灭虢。师还,馆于虞,遂袭虞,灭之。

注　释

①晋侯：晋国国君晋献公。

②复：再，又。因三年前晋曾向虞借道伐虢，这是第二次借道，故称"复"。

③假道：借路。虞、虢是两个相邻的小国，虞夹在晋、虢中间，晋攻打虢须经过虞，所以得借路。

④于：介词，向。

⑤以：介词，用。

⑥伐：攻打。

⑦宫之奇：虞国大夫。

⑧谏：臣下规劝君主叫谏。

⑨之：助词，的。

⑩表：外围。

⑪启：开启。晋不开启，不可和晋国打交道。

⑫寇：强盗。

⑬玩：轻视，习惯而放松警惕。

⑭一：一次。指僖公二年晋向虞第一次借道。

⑮之：助词，用于主谓之间取消句子独立性。

⑯甚：过分。

⑰其：同"岂"，难道。

⑱再：第二次。

⑲乎：语气词，用在句末表示反问，呢。

⑳谚：俗语。

㉑谓：叫做，称为。

情规义劝

15

㉒辅：面颊。

㉓车：牙床。

㉔其：句中语气词，用揣测语气表示肯定意思。

㉕谓：说法。

㉖"……者，……也"：判断句式。

译 文

晋献公又向虞国借路攻打虢国。宫之奇劝阻虞公说："虢国是虞国的外围，虢国灭亡，虞国一定跟着亡国。对晋国不可启发它的野心，对入侵之敌不可漫不经心。一次借路已经是过分，岂能有第二次呢？俗话所说的'车子和车版互相依傍，嘴唇丢了牙齿就受凉'，那就是说的虞、虢两国的关系。"

虞公说："晋国是我的同族，难道会害我吗？"宫之奇回答说："太伯、虞仲，是周太王的儿子。太伯没有依从太王，所以没有继承君位。虢仲、虢叔，是王季的儿子，做过周文王的执政大臣，功勋记载在王室，收藏在掌管策命盟约的官府。晋国一心要灭掉虢国，对虞国还有什么爱？况且虞国同晋国的关系能比桓叔、庄伯更亲吗，即使晋国爱虞国的话？桓叔、庄伯两族有什么罪，却以他们为杀戮的对象，不就是因为他们威逼到晋侯自己吗？至亲以尊宠相威逼，尚且杀害他们，何况是以国家对国家呢？"

虞公说："我祭祀的物品丰盛洁净，神一定保佑我。"宫之奇回答说："下臣听说过，鬼神不是亲近个人，只是依据德行。所以《周书》说，'上天没有亲近的人，只辅助有德行的人。'又说：'祭祀的谷物没有芳香，光明的德行才有芳香。'又说：'百姓不能改换祭物，只有德行可以充当祭物。'这样看来，没有德行，百姓就不和睦，神也就不来享用祭物了。神所依据的，就只在于德行了。如果晋国夺取了虞国,而以光明的德行作为芳香的祭品奉献神灵,神难道会将它们吐出来吗?"

虞公不听,答应了晋国使者。宫之奇带领他的家族离开了虞,说:"虞国过不了年终大祭了,就在这一次假道之行,晋国不用再出兵了。"

这年冬天,晋国灭掉了虢国。军队回来,住在虞国的馆舍,就乘其不备进攻虞国,灭掉了它。

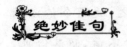

绝妙佳句

辅车相依,唇亡齿寒。

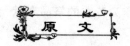
臧哀伯谏纳郜鼎

夏四月，取郜大鼎于宋，纳①于大庙，非礼也。臧哀伯谏②曰："君人者，将昭③德塞违，以临照百官，犹惧或失之，故昭令德以示子孙。是以清庙茅屋，大路越席，大羹不致，粢食不凿，昭其俭也。衮、冕、黻、珽，带、裳、幅、舄，衡、紞、纮、綖，昭其度也。藻、率、鞞、鞛，厉、游、缨，昭其数也。火，龙、黼、黻，昭其文也。五色比象，昭其物也。锡、鸾、和、铃，昭其声也。三辰旂旗，昭其明也。夫德，俭而有度，登降有数，文物以纪之，声明以发之，以临照百官。百官于是乎戒惧，而不敢易纪律。今灭德立违，而置其赂器于大庙，以明示百官。百官象之，其又何诛焉？国家之败，由官邪也。官之失德，宠赂章也。郜鼎在庙，章孰甚焉？武王克商，迁九鼎于雒邑，义士犹或非之，而况将昭违乱之赂器于大庙，其若之何？"公不听。

周内史闻之，曰："臧孙达其有后于鲁乎！君违，不忘谏之以德。"

注释

①纳：放，置。

②谏：纳谏，规劝。

③昭：发扬，显示，表明。

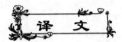

译文

夏四月，鲁桓公从宋国取得原属部国的传国大鼎，放进太庙，这是不符合礼仪的。臧哀伯规劝桓公说："做君主的人，要发扬德行，堵塞违礼的行为，以便监察百官，就这样还怕有不足之处，还要显示各种美德以传示子孙。所以那清静肃穆的太庙用茅草做屋顶，祭祀天地的车子用草席做垫子，祭祀用的肉汁不用五味调和，黍稷、糕饼等祭品不用舂过的好米，这些是为了显示节俭。祭祀的礼服、礼冠，蔽膝、大圭，腰带、裙子、绑腿、靴子、冠上的横簪、冠旁的填绳、系冠的带子、冠顶的盖版，这些是为了显示等级上的差别。玉垫、刀饰、革带、带穗、旌旗上的飘带、马颈上的革带，这些是为了显示数量上的差别。礼服上火形、龙形、斧形、弓形等花纹，这些是为了显示纹彩上的差别。用五色绘出各种图象来装饰器物服饰，这是为了显示器物物色的差别。马铃、大小车铃、旗铃，是为了显示声音节奏，旌旗上画的日、月、星辰，是为了显示光明。所谓德行，就是节俭而有法度，事物的增减都有一定的数量，并用纹彩和颜色加以标志，用声音和光亮加以表现，以此来监察百官，百官这才警戒畏惧，而不敢违反法度。现在君王毁灭德行，树立违礼的坏榜样，把别国贿赂的宝器安放在太庙里，以此明白昭示百官。百官都来效法，君王又用什么去惩罚他们呢？国家的衰败，是由于官吏不走正道。官吏丧失德行，则是由于国君宠爱和贿赂风行的原故。部鼎放在鲁国的太庙，还有比这更公开的贿赂吗？武王打败殷商，将九鼎搬到王城，义士尚有批评他的，更何况将标志违礼作乱的贿赂之器放在太庙，又该怎么样呢？"桓公不听。

周朝的内史听到这件事,说:"臧孙达的后代大概会在鲁国世代享受爵禄吧!国君违礼,他不忘用德行加以规劝。"

君人者,将昭德塞违,以临照百官,犹惧或失之,故昭令德以示子孙。

文学常识丛书

子产告范宣子轻币

范宣子为政,诸侯之币①重,郑人病②之。

二月,郑伯如晋,子产寓③书于子西,以告宣子,曰:"子为晋国,四邻诸侯不闻令德,而闻重币,侨也惑之。侨闻君子长国家者,非无贿之患,而无令名之难。夫诸侯之贿聚于公室,则诸侯贰。若吾子赖之,则晋国贰。诸侯贰,则晋国坏;晋国贰,则子之家坏,何没没也! 将焉用贿? 夫令名,德之舆也;德,国家之基也。有基无坏,无亦是务乎! 有德则乐,乐则能久。《诗》云:'乐只君子,邦家之基④',有令德也夫! '上帝临女,无贰尔心',有令名也夫! 恕思以明德,则令名载而行之,是以远至迩安。毋宁使人谓子,'子实生我',而谓'子浚我以生乎?'象有齿以焚其身,贿也。"

宣子说,乃轻币。

①币:这里指诸侯向晋国缴纳的贡品。

②病:痛苦。

③寓:托付。

④积君子,邦家之基:这句话的意思是快乐的君子,国家的基石。

晋国范宣子执政，诸侯向晋国缴纳的贡品很重，郑国人深为这件事所苦。

二月，郑简公到晋国去，子产托随行的子西带去一封信，将这事告诉范宣子，信上说："您治理晋国，四邻诸侯不听说您的美德，却听说收很重的贡品，我对此感到困惑。侨听说君子掌管国家和大夫家室事务的，不是为没有财货担忧，而是为没有美名担忧。诸侯的财货聚集在晋国国君的宗室，诸侯就离心。如果您依赖这些财货，晋国人就会离心。诸侯离心，晋国就垮台；晋国人离心，您的家室就垮台，为什么沉迷不悟呢？那时哪里还需要财货？说到美名，它是传播德行的工具；德行，是国家和家室的基础。有基础就不致垮台，您不也应当致力于这件事吗？有了德行就快乐，快乐就能长久。《诗经·大雅·大明》说：'快乐的君子，国家的基石'，说的是有美德啊！'上帝监视着你，不要使你的心背离'，说的是有美名啊！用宽恕的心来显示德行，美名就会载着德行走向四方，因此远方的人闻风而至，近处的人也安下心来。宁可让人说，'您的确养活了我们'，而能让人说'您榨取了我们来养活自己'吗？象有牙齿而毁灭了它自身，就是由于财货的原故。"

范宣子很高兴，于是减轻了诸侯的贡品。

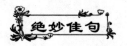

积君子，邦家之基。

作品简介

　　《孟子》是记载孟子及其学生言行的一部书。与《论语》一样，《孟子》也是以记言为主的语录体散文，但它比《论语》又有明显的发展。《论语》的文字简约、含蓄，《孟子》却有许多长篇大论，气势磅礴，议论尖锐、机智而雄辩。如果说《论语》给人的感觉是仁者的谆谆告诫，那么《孟子》给人的感觉就是侃侃而谈，对后世的散文写作产生了深刻的影响。

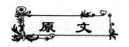

孟子见梁襄王①

孟子见梁襄王。出，语人曰："望之不似人君，就②之而不见所畏③焉。卒然④问曰：'天下恶乎定？'吾对曰：'定于一。''孰⑤能一之⑥？'对曰：'不嗜⑦杀人者能一之。''熟能与⑧之⑨？'对曰：'天下莫不与也。王知夫⑩苗乎？七八月⑪之间旱，则苗槁⑫矣。天油然作云⑬，沛然⑭下雨，则苗浡然兴之⑮矣。其⑯如是，熟能御⑰之？今夫天下之人牧，未有不嗜杀人者也。如有不嗜杀人者，则天下之民皆引领⑱而望之矣！诚如是也，民归之，由⑲水之就⑳下，沛然谁能御之？'"

① 选自《孟子·梁惠王上》。

② 就：接近、走近。

③ 畏：害怕、畏惧。

④ 卒然：即"猝然"，突然。卒，通"猝"。

⑤ 孰：谁。

⑥ 之：指天下。

⑦ 嗜：爱好、喜欢。

⑧ 与：归附、跟随。

⑨ 之：代指统一天下的君王。

⑩ 夫：助词。

⑪ 七八月：这里用的是周历（周代的历法），相当于农历五六月。

⑫ 槁：枯干。

⑬ 油然作云：形容乌云密布。油然，兴盛的样子。作，兴起。

⑭ 沛然：水势很大的样子，这里形容雨量充足。

⑮ 浡(bó)然兴之：禾苗茂盛的样子。浡，同"勃"，奋发、振作。兴，起、挺起。

⑯ 其：助词。

⑰ 御：阻止。

⑱ 领：脖子。

⑲ 由：通"犹"。

⑳ 就：趋向。

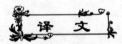

　　孟子谒见梁襄王，出来以后，告诉旁人说："远远望去，不像个国君的样子；走近他，也看不到使人敬畏的表现。他突然问我：'天下要怎样才能安定？'我回答说：'统一才会安定。'他又问：'谁能统一天下呢？'我回答：'不喜好杀人的国君，就能统一天下。'他又问：'那有谁来跟从他呢？'我回答说：'天下的人没有谁不跟从他。大王懂得禾苗的情况吗？七八月间（夏历五六月间）长时间天旱，禾苗枯萎了。只要天上黑油油地涌起乌云，哗啦啦地下起大雨，禾苗便又蓬勃生长起来了。国君如果能这样，又有谁能对抗得他了呢？如今各国的君主，却没有一个不是喜欢杀人的。如果有一位不喜欢杀人的国君，那么天下的老百姓都会伸长脖子仰望着他了！果真这样的话,百姓们归随他,就好像水向下奔流一样,浩浩荡荡,有谁能阻挡得住呢?'"

天油然作云,沛然下雨,则苗浡然兴之矣。

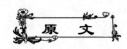

所谓故国者

孟子见齐宣王曰："所谓故国①者,非谓有乔木②之谓也,有世臣③之谓也。王无亲臣矣,昔者所进④,今日不知其亡⑤也。"

王曰:"吾何以识其不才而舍之?"

曰:"国君进贤,如不得已,将使卑踰尊,疏踰戚,可不慎与?左右皆曰贤,未可也;诸大夫皆曰贤,未可也;国人皆曰贤,然后察之;见贤焉,然后用之。左右皆曰不可,勿听;诸大夫皆曰不可,勿听;国人皆曰不可,然后察之;见不可焉,然后去之。左右皆曰可杀,勿听;诸大夫皆曰可杀,勿听;国人皆曰可杀,然后察之;见可杀焉,然后杀之。故曰,国人杀之也。如此,然后可以为民父母。"

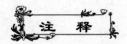

① 故国:指历史悠久的国家。

② 乔木:高大的树木。

③ 世臣:世代建立功勋的大臣。

④ 进:进用。

⑤ 亡:去位,去职。

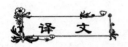

译　文

　　孟子拜见齐宣王，对他说："通常所说的历史悠久的国家，不是指那国家有高大的树木，而是指它有累代的功勋之臣。你眼下没有亲近的臣子了。过去使用提拔的人，如今已被罢免而不知去向。"

　　宣王问："我怎样才能辨识不称职之臣而不用他呢？"

　　孟子说："国君选拔贤臣，如果迫不得已（而选用新臣）将会使卑贱者超过尊贵者，使疏远者超过亲近者，怎能够不慎重对待呢？（如果）左右亲信的人都说（某人）贤能，还不成；大夫们也都说贤能，还不成；全国的人都说贤能，然后去考察他，证实他的确贤能，然后再任用他。（如果）左右亲信的人都说（某人）不行，不必听信；大夫们也都说不行，不必听信；全国的人都说不行，然后去考察他，证实他的确不行，然后才罢免他。（如果）左右亲信的人都说（某人）该杀，不必理睬；大夫们都说该杀，也不必理睬；全国的人都说该杀，然后去考察他，证明他的确该杀，然后才处死他。所以说，这是全国人判他死刑。做到这些，才称得起是百姓的父母。"

　　所谓故国者，非谓有乔木之谓也，有世臣之谓也。

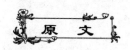

庄暴见孟子①

庄暴见孟子，曰："暴见于王②，王语暴以好乐③，暴未有以对④也。"曰⑤："好乐何如⑥？"孟子曰："王之好乐甚⑦，则齐国其庶几乎⑧。"

他日⑨，见于王，曰："王尝语庄子⑩以好乐，有诸⑪？"王变乎色⑫曰："寡人非能好先王之乐⑬也，直好世俗之乐耳⑭。"曰："王之好乐甚，则齐庶几乎。今之乐犹古之乐也⑮。"曰："可得闻与⑯？"曰："独乐乐，与人乐乐，孰乐⑰？"曰："不若与人⑱。"曰："与少⑲乐乐，与众乐乐，孰乐？"曰："不若与众。""臣请为王言乐⑳。今王鼓乐㉑于此，百姓闻王钟鼓之声，管籥之音㉒，举疾首蹙頞㉓而相告曰：'吾王之好鼓乐，夫何使我至于此极也㉔！父子不相见，兄弟妻子离散！'今王田猎㉕于此，百姓闻王车马之音，见羽旄㉖之美，举疾首蹙頞而相告曰：'吾王之好田猎，夫何使我至于此极也！父子不相见，兄弟妻子离散！'此无他㉗，不与民同乐也。今王鼓乐于此，百姓闻王钟鼓之声，管籥之音，举欣欣然有喜色而相告曰：'吾王庶几无疾病与，何以能鼓乐也？'今王田猎于此，百姓闻王车马之音，见羽旄之美，举欣欣然有喜色而相告曰：'吾王庶几无疾病与，何以能田猎也？'此无他，与民同乐也。今王与百姓同乐，则王矣。"

①选自《孟子·梁惠王下》。庄暴,齐王的大臣。

②见于王:被王接见。于,介词。王,指齐宣王。

③王语(yù)暴以好(hào)乐(yuè):大王告诉我(他)喜欢音乐。语,告诉。

④未有以对:不知怎么回答。

⑤曰:这里还是庄暴说。

⑥何如:怎么样?

⑦好乐甚:非常喜欢音乐。

⑧其庶几(jī)乎:(实行王道)该差不多了吧。庶几,差不多。下文"庶几无疾病"的"庶几"意思相同。

⑨他日:另一天。

⑩庄子:指庄暴。

⑪有诸:有之乎?有这回事吗?诸,等于"之乎"。

⑫变乎色:变了脸色。乎,介词,于。

⑬先王之乐:上古君王创作的音乐。

⑭直好世俗之乐耳:只是喜欢时下流行的音乐罢了。直……耳,只是……罢了。

⑮今之乐犹古之乐也:当代的音乐犹如古代的音乐。

⑯可得闻与:(这道理)可以让我听听吗?与,通"欤"。

⑰独乐(yuè)乐(lè),与人乐乐,孰乐(lè):一个人欣赏音乐,快乐,同别人一起欣赏音乐,(也)快乐,哪一种更快乐呢?孰,哪一个、哪一种。

⑱不若与人:不如同别人(一起欣赏音乐快乐)。

⑲少:少数人。

⑳臣请为(wèi)王言乐(lè):(孟子说:)请让我给您讲讲什么才是真正的

快乐吧。臣，孟子自称。请，表示客气。

㉑鼓乐：奏乐。鼓，弹奏，敲击。

㉒钟鼓之声，管籥（yuè）之音：钟、鼓、管的声音。管，箫笙类。

㉓举疾首蹙（cù）頞（è）：全都头痛，皱眉头。蹙，收紧。頞，鼻梁。

㉔吾王之好鼓乐，夫何使我至于此极也：我们的君王爱好奏乐，怎么使我们落到这样坏的地步呀！意思是说，国君既然有兴趣奏乐，那总该国家太平，百姓安乐了，我们怎么落到这样骨肉分离的地步呀！夫，用在句首的助词。

㉕田猎：打猎。田，通"畋"，打猎。

㉖羽旄（máo）：古时常用鸟羽和牦牛尾作为旗子的装饰，所以也代指旌旗。羽，指鸟羽。旄，指牦牛尾。

㉗无他：没有别的（原因）。

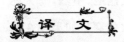

译文

庄暴来见孟子，（他对孟子）说："我被齐王召见，齐王把（他）爱好音乐的事告诉我，我没有什么话用来回答。"庄暴又问："爱好音乐，那怎么样呢？"孟子说："如果齐王（果真）很喜欢音乐，那么齐国治理得大概很不错了吧。"

有一天，孟子被齐宣王接见，（孟子向宣王）说："君王曾经把（您）爱好音乐的事告诉庄暴，有这回事吗？"宣王变了脸色说："我不是爱好古代圣王的雅乐，只是爱好世俗一般流行的音乐罢了。"（孟子）说："只要君王（果真）很爱音乐，那么齐国就（治理得）差不多了。当今的音乐和古代的音乐是一样的。"（宣王）说："（这个道理）可以说来听听吗？"（孟子）问道："一个人单独欣赏音乐快乐，跟别人一起欣赏音乐也快乐，哪一种更快乐呢？"（宣王）

说:"（自己欣赏音乐）不如跟别人一起欣赏音乐更快乐。"（孟子又）问："跟少数人一起欣赏音乐快乐，跟多数人一起欣赏音乐也快乐，哪一种更快乐呢？"（宣王）回答："不如跟多数人一起欣赏音乐更快乐。"（于是孟子又）说："请让我给君王谈谈关于欣赏音乐的事吧。假如现在君王在这里奏乐，百姓听到您的钟、鼓、箫、笛的声音，都觉得头痛，愁眉苦脸地互相转告说：'我们的君王这样爱好音乐，为什么使我们落到这样坏的地步呢？父子不能见面，兄弟东奔西跑，妻子儿女离散。'假如现在君王在这里打猎，百姓听到您的车马的声音，看到仪仗的华丽，都觉得头痛，愁眉苦脸地互相转告说：'我们的君王这样爱好打猎，为什么使我们落到这样坏的地步呢？父子不能相见，兄弟东奔西跑，妻子儿女离散。'这没有别的缘故，（只是您）不肯和百姓同欢乐啊。假使君王在这里奏乐，百姓听到君王钟、鼓、箫、笛的声音，都兴高采烈地互相转告说：'我们的君王大概没有疾病吧，不然，怎么能奏乐呢？'假如现在君王在这里打猎，百姓听到君王车马的声音，看到仪仗的华美，都兴高采烈地互相转告说：'我们的君王大概没有疾病吧，不然，怎么能打猎呢？'这没有别的缘故，（只是因为您能）和百姓同欢乐啊！如果现在君王能和百姓同欢乐，就能统一天下了。"

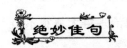

曰："独乐乐，与人乐乐，孰乐？"

曰："不若与人。"

曰："与少乐乐，与众乐乐，孰乐？"

曰："不若与众。"

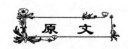

孟子对梁惠王

梁惠王曰："寡人愿安承教。"

孟子对曰："杀人以梃①与刃，有以异②乎？"

曰："无以异也。"

曰："以刃与政，有以异乎？"

曰："无以异也。"

曰："庖③有肥肉，厩④有肥马，民有饥色，野有饿莩⑤，此率兽而食人也。兽相食，且人恶之。为民父母，行政不免于率兽而食人。恶在其为民父母也？仲尼曰：'始作俑者，其无后乎！'为其象人而用之也。如之何其使斯民饥而死也？"

梁惠王曰："晋国，天下莫强焉，叟之所知也。及寡人之身，东败于齐，长子死焉；西丧地于秦七百里；南辱于楚。寡人耻之，愿比死者一洒之，如之何则可？"

孟子对曰："地方百里而可以王。王如施仁政于民，省刑罚，薄税敛，深耕易耨。壮者以暇日修其孝悌忠信，入以事其父兄，出以事其长上，可使制梃以挞秦楚之坚甲利兵矣。彼夺其民时，使不得耕耨以养其父母，父母冻饿，兄弟妻子离散。彼陷溺其民，王往而征之，夫谁与王敌？故曰：'仁者无敌。'王请勿疑！"

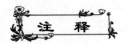

注 释

①梃：棍棒。

②异：区别，差别。

③庖：厨房。

④厩：马棚。

⑤莩：尸体。

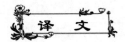

译 文

梁惠王说："我愿意高兴地听您指教！"

孟子说："用棍棒和刀子杀死人，有什么区别吗？"

（惠王）说："没有什么差别。"

（孟子又问）"用刀子杀死人和用政治手腕害死人，有什么区别吗？"

（惠王）说："也没有什么差别。"

（孟子又说：）"厨房里有肥嫩的肉，栏里有健壮的马，（而）百姓面带饥色，郊野横陈着饿死的尸体，这就（等于）率领着野兽一道吃人啊！野兽自相残杀吞噬，人们尚且厌恶它，身为百姓父母官，管理政事，却不免也率领兽类一道吃人，哪里配当百姓的父母官呢？孔仲尼说过：'第一个制作土偶陶俑来殉葬的人，恐怕理该断子绝孙吧？'正是因为土偶陶俑酷似真人而用它殉葬的缘故，（试想连用俑殉葬都不能允许），又怎能让这些百姓活活地饿死呢？"

梁惠王说："（想当年，我们）魏国，天下没有比它更强的国家，这是您老所深知的。而今到了我当政，东边被齐国打败，连我的大儿子也阵亡了；西边又丧失了河西之地七百里，割让给秦国；南边又（以失掉八个城邑）被楚国所欺侮。我为此感到羞耻，希望能替全体死难者雪耻复仇，您说我该怎

么办才好?"

孟子回答道:"在任何方圆百里的小国家,都可以在自己的国土推行王道,大王如果肯对百姓施行仁政,减免刑罚,少收赋税,提倡精耕细作,及时锄草,使健壮的青年利用闲暇时间加强孝亲、敬兄、忠诚、守信的道德修养,做到在家能侍奉父兄,外出能尊长敬上,这样,即使是手里拿着木制的棍棒,也可以跟拥有坚实盔甲和锋利武器的秦、楚军队相对抗。(因为)他们(指秦,楚)侵占了百姓的农时,使他们无法耕种来赡养父母。父母受冻挨饿,兄弟妻子各自逃散。他们坑害得百姓好苦,大王如果兴师前往讨伐它,有谁能跟王较量呢?有道是:'实行仁政者无敌于天下。'请大王不要再犹豫徘徊!"

仁者无敌。

作者简介

墨子,战国初期伟大的思想家,墨家学派的创始人。姓墨名翟,生卒年不详。近代学者一般认为,墨子生于公元前476年左右,卒于公元前390年左右。墨子出生何地,也有争议。《史记·孟荀列传》说他是"宋之大夫",有的认为他是鲁国人,也有的说他原为宋国人,后来长期住在鲁国。墨子自称"今翟上无君上之事,下无耕农之难",似属当时的"士"阶层。但他又承认自己是"贱人"。他可能当过工匠或小手工业主,具有相当丰富的生产工艺技能。墨子"日夜不休,以自苦为极",长期奔走于各诸侯国之间,宣传他的政治主张。相传他曾止楚攻宋,实施兼爱、非攻的主张。他"南游使卫",宣讲"蓄士"以备守御。又屡游楚国,献书楚惠王。他拒绝楚王赐地而去,晚年到齐国,企图劝止项子牛伐鲁,未成功。越王邀墨子作官,并许以五百里封地。他以"听吾言,用我道"为前注条件,而不计较封地与爵禄,目的是为了实现他的政治抱负和主张。

墨子也是中国古代逻辑思想的重要开拓者之一。在《墨子》一书中,他比较自觉地、大量地运用了逻辑推论的方法,以建立或论证自己的政治、伦理思想。由于墨子的倡导和启蒙,墨家养成了重逻辑的传统,并由后期墨家建立了第一个中国古代逻辑学的体系。墨子作为先秦墨家的创始人,在中国哲学史上产生过重大影响。墨子在上说下教中，言行颇多，但无亲笔著作。今存《墨子》一书中的《尚贤》《尚同》《兼爱》《非攻》《节用》《节葬》《天志》《明鬼》《非乐》《非命》等篇，都是其弟子或再传弟子对他的思想言论的记录。这是研究墨子思想的重要依据。

情视义劝

非 攻

子墨子言曰："古者王公大人为政于国家者,情欲誉之审①,赏罚之当,刑政之不过失。"是故子墨子曰："古者有语:'谋而不得,则以往知来,以见知隐'。谋若此,可得而知矣。"

今师徒唯毋兴起,冬行恐寒,夏行恐暑,此不以冬夏为者也。春则废民耕稼树艺,秋则废民获敛。今唯毋废一时,则百姓饥寒冻馁而死者,不可胜数。今尝计军上:竹箭、羽旄、幄幕、甲盾、拨劫,往而靡弊腑冷不反者,不可胜数。又与矛、戟、戈、剑、乘车,其列住碎折靡弊②而不反者,不可胜数。与其牛马,肥而往,瘠而反,往死亡而不反者,不可胜数。与其涂道之修远,粮食辍绝而不继,百姓死者,不可胜数也。与其居处之不安,食饭之不时,饥饱之不节,百姓之道疾病而死者,不可胜数。丧师多不可胜数,丧师尽不可胜计,则是鬼神之丧其主后,亦不可胜数。

国家发政,夺民之用,废③民之利,若此甚众。然而何为为之?曰:我贪伐胜之名,及得之利,故为之。子墨子言曰:"计其所自胜,无所可用也;计其所得,反不如所丧者之多。"今攻三里之城、七里之郭,攻此不用锐,且无杀,而徒得此然也? 杀人多必数于万,寡必数于千,然后三里之城、七里之郭且可得也。今万乘之国,虚数于千不胜而入;广衍数于万,不胜而辟。然则土地者,所有馀也;王民者,所不足也。

今尽王民之死，严下上之患，以争虚城，则是弃所不足，而重所有馀也。为政若此，非国之务者也！

饰④攻战者言曰：南则荆、吴之王，北则齐、晋之君，始封于天下之时，其土城之方，未至有数百里也；人徒之众，未至有数十万人也。以攻战之故，土地之博，至有数千里也；人徒之众至有数百万人。故当攻战而不可为也。子墨子言曰："虽四五国则得利焉，犹谓之非行道也。譬若医之药人之有病者然，今有医于此，和合其祝药之于天下之有病者而药之。万人食此，若医四五人得利焉，犹谓之非行药也。故孝子不以食其亲，忠臣不以食其君。古者封国于天下，尚者以耳之所闻，近者以目之所见，以攻战亡者，不可胜数。"何以知其然也？东方有莒之国者，其为国甚小，间于大国之间，不敬事于大，大国亦弗之从而爱利，是以东者越人夹削其壤地，西者齐人兼而有之。计莒之所以亡于齐、越之间者，以是攻战也。虽南者陈、蔡，其所以亡于吴、越之间者，亦以攻战。虽北者且不一著何，其所以亡于燕代、胡貊之间者，亦以攻战也。是故子墨子言曰："古者王公大人，情欲得而恶失，欲安而恶危，故当攻战，而不可不非。"

饰攻战者之言曰：彼不能收用彼众，是故亡；我能收用我众，以此攻战于天下，谁敢不宾服哉！子墨子言曰："子虽能收用子之众，子岂若古者吴阖闾哉？古者吴阖闾教七年，奉甲执兵，奔三百里而舍焉。次注林，出于冥隘之径，战于柏举，中楚国而朝宋与及鲁。至夫差之身，北而攻齐，舍于汶上，战于艾陵，大败齐人，而葆之大山；东而攻越，济三江五湖，而葆之会稽。九夷之国莫不宾服。于是退不能赏孤，施舍群萌，自恃其力，伐其功，誉其志，怠于教。遂筑姑苏之台，七年不成。及若此，则吴有离罢之心。越王勾践视吴上下不相得，收其众以复其仇，入北郭，徒大内，围王宫，而吴国以亡。昔者晋有六将军，而智伯莫为强焉。计其土地之博，人徒之众，欲以抗诸侯，以为英名、攻战之速。故差论其爪牙之士，皆列其车舟之众，以攻中行氏而有之，以其谋为既已足矣。又攻兹范氏而大败之，并三家以为一家而不止，又围赵襄子于晋阳。及若此，则韩、魏亦相从而谋曰："古者有语：'唇亡则齿寒。'赵氏朝亡，我夕从之；赵氏夕亡，我朝从之。诗曰：'鱼水不务，陆将何及乎？'"是以三主之君，一心戮力，辟门除道，奉甲兴士，韩、魏自外，赵氏自内，击智伯，大败之。

是故子墨子言曰："古者有语曰：'君子不镜⑤于水，而镜于人。镜于水，见面之容；镜于人，则知吉与凶。'今以攻战为利，则盖尝鉴之于智伯之事乎？此其不吉而凶，既可得而知矣。"

①审：慎重。

②靡弊：破烂。

③废：牺牲。

④饰：掩饰，辩解。

⑤镜：以……为镜，用……作镜子。

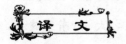

墨子说："古时执掌国政的王公大臣们，真正希望做到批评与赞誉慎重，赏赐与惩罚恰当，刑政没有过失。"所以墨子说："古人有这样的话：'思考得不出结

论,就用以往的历史推测未来,用显现的事实推测潜在的可能。'如果这样谋划,一般的事就可以知道了。"

现在要起兵出战,冬天行军害怕寒冷,夏天行军害怕暑热,这行军就不适宜在冬夏进行。但是春天出兵又荒废人民耕田种地,秋天出兵又耽误收割庄稼。如今荒废一个季节,老百姓挨饿受冻而死的,就已经多得无法计算。且试计算一下军队出征时候,所使用的竹箭、羽旄、帷幄、幕帐、铠甲盾牌、刀柄器具等等,发放出去损坏残破了,而不能收回的,也多得无法计算。还有矛戟戈剑和兵车,发拨出去而后碎折破烂不能收回的,还是多得无法算计。作战时征用肥牛壮马,返回时也瘦瘠不堪,死了而不能收回的,也是无法统计。还有因为战争道路遥远,粮食断绝而来不及补充,因而饿死的老百姓,多得不计其数。而因为战时居住不安,饮食无法准时,饥饱无度,在路途中死的老百姓也不计其数。战场上阵亡的将士不计其数,全军覆没的也不计其数,就连鬼神丧失了为它们祭祀的人们,也是多得不计其数。

国家发布政令,剥夺了人民的财用,牺牲了人民的利益,竟然是如此重大,究竟是为了什么呢?他们说:我贪图得胜的威名和获得的好处,所以要这样做。墨子却说:"计算一下自己获得的胜利,其实并没有用处,如果要盘算一下得失,反而不如损失的多。"如今攻打一座三里的城郡、七里的外围城墙,如果不动用精锐的军队,也没有死伤就攻克下来,那怎么可能呢?死掉的人,多者数以万计,少者也以千计算,然后一个三里之城、七里之郭才能获取。现在拥有万乘兵车的大国,荒芜的城邑上千,却没有充裕的人来居住,还有广延万里的土地,没有充裕的人来开辟。如此看来,土地是有余的,而人民却不足。现在却尽力将士民送入死地,加剧整个国家上下的灾难,去争夺无用的荒城,则是丢弃自己本来缺乏的,而加强自己本来就多余的东西。这样施政,是不得治国的要领的。

然而,那些为攻战辩解的人说:南面有楚国、吴国的君王,北面有齐国、晋国的君王,他们在刚受封号于天下的时候,他们国土的范围,方圆也还不到几百里,拥有的人口也不到几十万,就因为攻战,使土地扩大了,达到数千里,使人口增多了,达到了几百万。所以,应该攻战而不是反对攻战。墨子说:"尽管在攻战中有四五个国家获得了好处,仍然不能说这是普遍可行的办法。譬如这就像医生开药给病人服药一样。假如有这样一位医生,配出的药方给天下得病的人治疗,有上万病人服了他的药,其中有四五个病人痊愈,那么,只能说这是不能推广的药方。因此,孝子不拿这种药给双亲吃,忠臣不拿这种药给国君吃。古代天下的封国,上古的有所耳闻,近世亲眼见过,由于攻战而灭亡的,不计其数。这是根据什么知道的呢? 东方有个莒国,国家很小,处在大国中间,不肯恭敬地服事大国,大国也不援助和帮助它,结果,东面被越国人侵占疆土,西面又被齐国占领兼并。仔细考察莒国所以灭亡的原因,主要是由于攻战。再如南方的陈国、蔡国,它们之所以被吴越灭亡,也是由于攻战。处于北方的一些部落,它们被燕代胡貊的国家灭了,还是由于攻战。所以墨子说:"如今的王公大臣,真希望有所得而不愿有所失,希望获得安定而不愿意遭受危险的话,对于攻战,就不能不给予反对。"

可是,那些为攻战辩解的人们说:他们不能召集动用他们的士民,所以灭亡了。我们能召集动员我们的民众,凭借这样的力量去攻打天下,有谁敢不服从我们呢? 墨子说:尽管你们能够召集动用你们的士兵,但你们比得上古代吴国的阖闾吗? 古代的阖闾训练他的士兵长达七年。他们能披坚执锐,奔袭三百里才驻营休息。在注林驻扎,通过冥隘的要道,在柏举与楚国作战,攻入楚国的都城,并使宋国、鲁国也来朝见。到夫差即位时,吴国北上攻打齐国,在汶上安扎营盘,在艾陵与齐国交战,大败齐军,迫使齐国退往泰山。夫差又率军攻打东边越国,越过三江五湖,迫使越国退往会稽,由此东方各国,没有不服从的。退兵以后,夫差却不能优恤阵亡将士的遗孤,给予广大民众恩惠,自恃武力,夸耀战功,称颂他的志意,放松了自己军队的训练。接着兴建姑苏台,经过七年都未建成。到这个时候,吴国人出现了涣散厌倦的情绪。越王勾践看到吴国上下不合，就召集越人前来复仇，于是攻入北面的外城，拖走吴王高大的战船，包围吴王的宫殿，以致吴国灭亡了。从前又有晋国的六位将军，其中以智伯为最强大，智伯考虑到自己的疆域广大，人口和兵士众多，企图以此与诸侯对抗，凭借出奇制胜，成就一番英名事业。然后，他按照一定的方式组织部署将士，排列起众多的车船，去向中行氏进攻，并侵占了他的领地。成功以后，人们以为他的野心已得到了满足，可他又去攻打范氏，将范氏打得大败。合并三家为一家以后，还不肯罢休，又去晋阳围攻赵襄子。到这时候，韩氏、魏氏与赵氏相聚一起商议说："古代有这样的话：'唇亡则齿寒'。赵氏早上灭亡了，我们晚上也会遭受同样的命运；赵氏晚上灭亡了，我们早上就遭受同样的命运。《诗经》说：'鱼儿在水里不努力游走，等到捕到陆地上，还来得及吗？'"因此三家的首领，同心协力，开通城池，整治道路，治备兵器，征集军队。韩氏、魏氏率军从外面进攻，赵氏率军从里面反击，两面夹击智伯，最后将他打得大败。

所以墨子说："古代有名言说：'君子不用水为镜子，而是用人作镜子。用水做镜子，只能照见人的面容，用人作镜子，就能判断吉凶。'如今认为攻战有好处的人，可曾以智伯的事情为借鉴吗？他的做法不是吉，而是凶，已经是可以知道的了。"

古者有语曰："君子不镜于水，而镜于人。镜于水，见面之容；镜于人，则知吉与凶。"

作品简介

　　《战国策》是我国一部国别体史书,作者至今也未确定,在西汉时期由刘向等人考订而成。其中所包含的资料,主要出于战国时代,包括策士的著作和史臣的记载。全书共三十三篇,按国别记述,计有东周一、西周一、秦五、齐六、楚四、赵四、魏四、韩三、燕三、宋、卫合为一、中山一。记事年代大致上接《春秋》,下迄秦统一。以策士的游说活动为中心,反映出这一时期各国政治、外交的情状。全书没有系统完整的体例,都是相互独立的单篇。

文学常识丛书

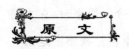

季梁往见王

魏王①欲攻邯郸。季梁②闻之,中道而反,衣焦③不申,头尘不去,往见王,曰:"今者臣来,见人于大行④,方北面而持其驾,告臣曰:'我欲之楚。'臣曰:'君之楚,将奚为北面?'曰:'吾马良。'臣曰:'马虽良,此非楚之路也。'曰:'吾用多。'臣曰:'用⑤虽多,此非楚之路也。'曰:'吾御者善。'此数者愈善,而离楚愈远耳。今王动欲成霸王,举欲信于天下。恃王国之大,兵之精锐,而攻邯郸,以广地尊名。王之动愈数,而离王愈远耳。犹至楚而北行也。"

45

①魏王:指魏惠王。

②季梁:魏国人。

③焦:卷曲,皱折。

④大行:大路。

⑤用:指路费。

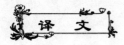

魏王准备攻打邯郸。魏臣季梁在途行中听到这个消息后,便立即折

返,连衣服都来不及更换,蓬头垢面的就去见魏王说:"今天臣来时,在大路上见到个人,用手持着马缰绳,驾着车向北而行,告诉臣说:'我要去楚国'。臣对他说:'你去楚国为什么向北走?'他说:'我的马很好。'我对他说:'你的马是好,可这不是去楚国的路。'他又说:'我的旅费很多。'臣说:'你的旅费再多,但这不是往楚国的路啊。'他又说:'我的车夫驾车好啊!'我说:'这几方面越好,离楚国就越远了'。如今君王采取行动去争建霸业,一举一动都要取信于天下的人,使众望有所归才行啊。仅依仗着王国之大,兵力的精锐,而攻邯郸,以便扩大土地抬高声望,君王的这些举措愈多,距离成就王业的机会就愈远了。"

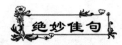

绝妙佳句

　　今王动欲成霸王,举欲信于天下。恃王国之大,兵之精锐,而攻邯郸,以广地尊名。王之动愈数,而离王愈远耳。犹至楚而北行也。

文学常识丛书

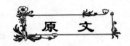
公输般为楚设机

公输般为楚设①机②，将以攻宋。墨子闻之，百舍重茧，往见公输般，谓之曰："吾自宋闻子。吾欲藉子杀王。"公输般曰："吾义，固不杀主。"墨子曰："闻公为云梯，将以攻宋。宋何罪之有，义不杀王而攻国，是不杀少而杀众。敢问攻宋何义也？"公输般服焉，请见之王。

墨子见楚王，曰："今有人于此，舍其文轩，邻有弊舆而欲窃之；舍其锦绣，邻有短褐而欲窃之；舍其粱肉，邻有糟糠而欲窃之。此为何若人也？"王曰："必为有窃疾矣。"墨子曰："荆之地方五千里，宋方五百里，此犹文轩之弊舆也。荆有云梦，犀兕麋鹿盈之，江、汉鱼鳖鼋鼍为天下饶，宋所谓无雉兔鲋鱼者也，此犹粱肉之与糟糠也。荆有长松、文梓、楩、楠、豫樟，宋无长木，此犹锦绣之与短褐也。恶以王吏之攻宋，为与此同类也。"王曰："善哉。请无攻宋。"

①设：设计，制造。

②机：这里指一种攻城的云梯。

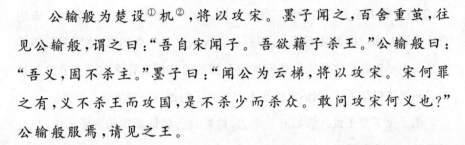

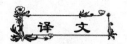

　　公输般为楚国设计制造了一种攻城的云梯，准备用它来进攻宋国。墨子听到这个消息，非常着急，他日夜兼程，脚上都磨起了厚厚的茧，奔走了几千里路程去会见公输般，见面时墨子对公输般说："我在宋国早就闻知你的大名，现在想请你替我去杀一个侮辱过我的人。"公输般说："我是非常讲道义的人，怎能替你去杀人。"墨子说："你正在制造云梯，将用它来进攻宋国。宋国有什么罪？你口讲道义不杀人，却制造云梯去攻打一个国家，这明明是不杀一个人而是要杀更多的人。请问你造云梯攻打宋国有什么道义？"公输般被墨子问得张口结舌，一句话也回答不上来。于是他只好请墨子去见楚王。

　　墨子见了楚王说："假如有一个人，放着自己装饰豪华的车子不坐，却对邻居的一辆破车图谋不轨，想把它偷来；放着自己华美的锦绣衣服不穿，而要去偷邻居家粗布旧衣；放着自己家的鱼肉不吃，却要去偷邻居家粗粮之食。这是一种什么样的人呢？"楚王回答说："这人必定有偷窃的毛病。"墨子说："楚国地方有方圆五千里之大，而宋国只有五百里，这就犹如精美豪华的车子与敞篷破车一样。楚国有云梦大泽，那里有的是犀兕麋鹿，长江汉水的鱼鳖鼋鼍是天下最好的水产，宋国是野鸡、兔子、鱼类都不产的地方，这就好比大鱼大肉与糟糠一样。楚国有长松、文梓、楩、楠、豫樟等名贵木材，而宋国连高大的乔木也没有，这就好比锦绣衣物与不合身的粗布衣服一样，我以为楚国去攻打宋国，就同这个有偷窃毛病的人一样的啊！"楚王说："你说得好，我们不去攻宋国了。"

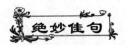

绝妙佳句

墨子见楚王,曰:"今有人于此,舍其文轩,邻有弊舆而欲窃之;舍其锦绣,邻有短褐而欲窃之;舍其粱肉,邻有糟糠而欲窃之。此为何若人也?"王曰:"必为有窃疾矣。"墨子曰:"荆之地方五千里,宋方五百里,此犹文轩之弊舆也。荆有云梦,犀兕麋鹿盈之,江、汉鱼鳖鼋鼍为天下饶,宋所谓无雉兔鲋鱼者也,此犹粱肉之与糟糠也。荆有长松、文梓、楩、楠、豫樟,宋无长木,此犹锦绣之与短褐也。恶以王吏之攻宋,为与此同类也。"王曰:"善哉。请无攻宋。"

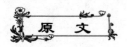
赵且伐燕

　　赵且伐燕。苏代为燕谓惠王曰："今者臣来，过易水，蚌方出曝，而鹬啄其肉，蚌合而钳其喙①。鹬曰：'今日不雨，明日不雨，即有死蚌。'蚌亦谓鹬曰：'今日不出，明日不出，即有死鹬'，两者不肯相舍，渔者得并禽之。今赵且伐燕，燕、赵久相交，以弊大众，臣恐强秦之为渔父也。故愿王之熟计之也。"惠王曰："善"。乃止。

　　①喙：鹬的嘴。

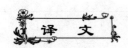
　　赵国将要攻打燕国，苏代为燕对赵惠王说："今天我来时，渡过易水，见一只河蚌正张开晒太阳，而鹬用嘴啄它的肉，河蚌就合上了壳而钳住了鹬的长嘴，鹬就说：'今天不下雨，明天不下雨，就有一只河蚌要干死。'河蚌也对鹬说：'今天壳不张，明日壳不张，就有死鹬了'。两方相持着都不放弃，终被渔人双双捉去。如今赵国去攻打燕国，燕赵必定久久对峙，相持不下，双方都将搞得疲惫不堪，我担心秦国趁机成为那个渔夫。所以希望大王深思熟虑,周密计划。"惠王说:"很好。"于是就停止了对燕国进攻的计划。

情规义劝

51

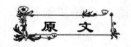

燕昭王收破燕后即位

　　燕昭王收①破燕②后即位，卑身③厚币④，以招贤者，欲将⑤以报仇。故往见郭隗⑥先生曰："齐因⑦孤⑧国之乱，而袭⑨破燕。孤极知⑩燕小力少，不足以报⑪。然得贤士与⑫共国⑬，以雪先王之耻⑭，孤以愿也。敢问以国报仇者奈何⑮？"

　　郭隗先生对曰："帝⑯者与师处，王者与友处，霸者与臣处，亡国⑰与役处⑱。诎指⑲而事之，北面而受学⑳，则百己者㉑至；先趋而后息，先问而后嘿㉒，则什己者至；人趋己趋㉓，则若己者㉔至。冯几㉕据杖㉖，眄㉗视指使㉘，则厮役人㉙至。若恣睢㉚奋击㉛，呴籍㉜叱咄㉝，则徒隶㉞之人至矣。此古服道致士㉟之法也。王诚㊱博㊲选国中之贤者而朝其门下㊳，天下闻王朝其贤臣，天下之士，必趋燕㊴矣。"

　　昭王曰："寡人将谁朝㊵而可㊶？"郭隗先生曰："臣闻古之君人㊷，有以千金求千里马者，三年不能得㊸。涓人㊹言于君曰：'请求之。'君遣之，三月，得千里马，马已死，买其首五百金，反以㊺报君。君大怒曰：'所求者生马，安事死马而捐㊻五百金？'涓人对曰：'死马且买之五百金，况生马乎？天下必以王为能市马，马今㊼至矣。'于是不能㊽朝年，千里之马至者三㊾。今王诚㊿欲致士，先从隗始。隗且见事[51]，况贤于隗者乎？岂远[52]千里哉？"于是昭王为隗筑宫㊝而师之㊞。乐毅㊟自魏往，邹衍㊟自齐往，剧辛㊟自赵往，士争凑㊟燕。燕王吊死㊟问生㊟，与百姓同其甘苦。

二十八年，燕国殷富，士卒乐佚㊟轻㊟战。于是遂以乐毅为上将军，与秦、楚、三晋㊟合谋以伐齐。齐兵败，闵王㊟出走于外㊟。燕兵独追北㊟入至临淄㊟，尽取齐宝，烧其宫室宗庙。齐城之不下者，唯独莒㊟、即墨㊟。

情规义劝

注　释

①收：收拾。

②破燕：残破的燕国。公元前 316 年，燕王哙让位于燕相子之，燕国演成大乱。公元前 314 年，齐宣王乘机伐燕，燕王哙和子之死亡。公元前 311 年，燕太子平立为王。

③卑身：降低自己的身份。卑，形容词用如使动。

④币：礼物。

⑤欲将：打算。

⑥郭隗：燕国贤士。

⑦因：趁着。

⑧孤：君王谦称。

⑨袭：偷袭。

⑩极知：很清楚；非常知道。

⑪报：报雠。

⑫与：介词，后面省略宾语。

⑬共国：共同治理国家。

⑭耻："耳八"的异体字。

⑮奈何:怎么办。

⑯帝:名词用如动词,成就帝业。

⑰亡国:亡国之君。

⑱与役处:与仆役相处。本句的意思是:亡国之君妒贤忌能,其所信任者只不过是些唯命是听的仆役小人。

⑲诎指:抑制甚至放弃自己的意愿、想法。诎,通"屈"。使动用法。指,通"旨"。

⑳北面而受学:座北面南是尊位,是老师的座位,学生应该座南面北来学习。

㉑百己者:才能是自己百倍的人。

㉒嘿:"默"的异体字,沉默。

㉓人趋己趋:见面时,对方有礼貌快步迎上来,自己也跟着有礼貌快步迎上去。趋,见了尊长快步向前,表示尊敬,这是一种礼节。

㉔若己者:跟自己水平相同的人。

㉕冯(píng)几:靠着几案。冯,后来写作"凭"。

㉖据仗:拄着手杖。

㉗眄(miǎn)视:斜视。

㉘指使:以手指示意。

㉙厮役之人:服杂役的人。

㉚恣睢(zì suī):任意胡为。

㉛奋击:用力打人。

㉜句(jū)籍:跳跃践踏;蹂躏。句,跳跃。籍,践踏。

㉝叱咄(chì duō):呼喝;大声斥责。

㉞徒隶:罪犯奴隶。这里指奴才。

㉟服道致士:服事有道者,招致贤士。

㊱诚：假设连词。假使；如果。

㊲博：广泛。

㊳朝其门下：登门拜见。

㊴趋燕：疾速到燕国来。

㊵谁朝：拜见谁。前置宾语。

㊶可：合适；恰当。

㊷君人：人君；国君。

㊸得 ：获得；得到。

㊹涓(juān)人：宫中洒扫的人。

㊺以：介词，后面省略宾语。

㊻捐：舍弃；损失。这里作“花去”解。

㊼今：副词。立即；立刻；很快。

㊽不能：不到。

㊾三：表示多数，非实指。

㊿今、诚：假设连词。

(51)见事：被事奉。

(52)远：形容词用如意动。

(53)宫：房屋；住宅。

(54)师之：把他作为老师。师，名词用如意动。

(55)乐毅：魏国名将乐羊的后代，为魏使燕，燕昭王以客礼相待，任为亚卿。后任上将军，率军破齐，封昌国君 。燕昭王死，其子惠王立，信齐反间计，罢免乐毅。乐毅奔赵，封望诸君。

(56)邹衍：齐人，战国时著名阴阳家。

(57)剧辛：赵人，破齐的计谋主要由他策划。后来伐赵失败，为赵所杀。

(58)凑：聚集。

59 吊死：悼念死者。

60 问生：慰问活着的人。

61 乐佚(lè yì)：悠闲安乐。

62 轻：轻视；不害怕。

63 三晋：指韩、赵、魏三国。

64 闵王：公元前300—前284年在位，又写作"湣王"。

65 出走于外：乐毅攻入临淄、齐闵王出逃至卫、邹、鲁、莒等地。

66 北：败北之敌。

67 临淄：齐国首都，在今山东淄博市东北部。

68 莒(jǔ)：今山东莒县。

69 即墨：今山东即墨市。

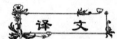

译　文

　　燕昭王收拾残破的燕国登上王位后，他降低自己的身份、谦恭下士、拿出丰厚的聘礼，来招聘贤人智士，想方设法要报齐国弑父杀相之仇。因此，去见郭隗先生说："齐国乘我国内乱而攻破我燕国，我深知燕国国小而力薄，不足以报仇，愿望能得到贤士的帮助共治国政，以雪洗先王的耻辱。我请问先生该怎么做？"

　　郭隗说："成帝业的国君，以贤者为师而与之相处；成王的国君，以贤者为友与之相处；成霸业的国君，以贤者为臣而与之相处；至于亡国之君，应以仆役的身份与贤者相处。如果屈尊自己，敬奉贤人，听从他们的教诲，那么胜过自己百倍的人就会到来；先于人劳作，后于人休息，遇事先向人请教，再反复把问题弄明白，那么，胜过自己十倍的人就会来到；自己尾随他人，别人怎么做，自己就怎么做，那么才干和自己相当的人就会来到，倚仗着拐杖用眼神示意,手下的人就会为你干活,那么奴仆一样的人就会来到;如果动辄打人,开口就训叱人,那么只有奴隶之类的人会来到。这就是古代实行王道和招得人才的方法。大王是诚心广招国内的贤人,就亲自去他们的门下拜谒,天下之贤士听到大王谒见他们,必然会纷纷到燕国来。"

　　昭王问:"我去谒见谁呢?"郭隗说:"我听说古代的君王,有用千金去求千里马的,三年里都没有找到,他的一个小小侍臣对君王说:'请派我去寻求吧。'君王同意了,果然三个月里他找到了千里马,但马已经死了,于是他就用金五百买下千里马的马头带了回来。君王见了非常生气,怒斥道:'我要的是活马,你买回死马头有什么用呢? 而且还损失了那么多金钱!'侍臣回答说:'大王息怒。此钱不会白费的,死马你都出高价买来,这消息一传开,人们知道大王是真喜爱良马的国君,何愁再买不到活的千里马。'果然不到一年的时间里就有三匹千里马送上门来了。如今大王诚心想求贤士,就先从我郭隗开始吧。我区区郭隗都能被重用,受到优待和信任,何况比我还有才干的人呢? 他们哪里还会以千里为远呢? 一定会纷纷求访上门来的。"于是燕昭王专为郭隗修建了庭院,并求师于他。过了不久乐毅从魏国来了,邹衍从齐国来了,剧辛从赵国来了,贤士纷纷争相聚于燕国。燕王吊唁死者,访问生者,和百姓同甘共苦。

　　燕昭王二十八年,国家富强了,百姓生活安乐,兵士们不怕打仗。于是就以乐毅为上将军,与秦、楚、三晋联合攻打齐国。齐兵大败,闵王流落在外。燕军追赶败兵直到齐国国都临淄,拿走了齐国的财物,烧毁了齐国的宗室庙宇,齐国城市没被攻下的,只剩下莒和即墨两地。

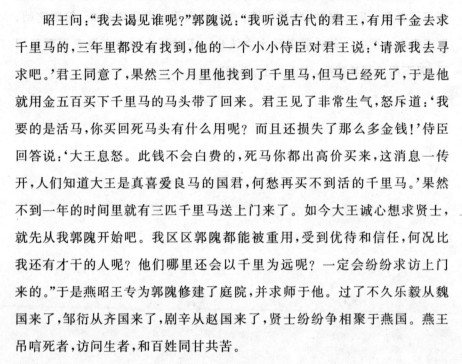

绝妙佳句

　　帝者与师处，王者与友处，霸者与臣处，亡国与役处。诎指而事之，北面而受学，则百己者至；先趋而后息，先问而后嘿，则什己者至；人趋己趋，则若己者至。冯几据杖，眄视指使，则厮役人至。若恣睢奋击，呴籍叱咄，则徒隶之人至矣。此古服道致士之法也。王诚博选国中之贤者而朝其门下，天下闻王朝其贤臣，天下之士，必趋燕矣。

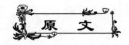

魏王与龙阳君

魏王与龙阳君①共船而钓，龙阳君得十余鱼而涕②下。王曰："有所不安乎？如是，何不相告也？"对曰："臣无敢不安也。"王曰："然则何为涕出？"曰："臣为王之所得鱼也。"王曰："何谓也？"对曰："臣之始得鱼也，臣甚善，后得又益大，今臣直欲弃臣前之所得矣。今以臣凶恶③，而得为王拂枕席，今臣爵至人君，走人于庭④，辟人于途。四海之内，美人亦甚多矣，闻臣之得幸于王也，必褰裳⑤而趋王。臣亦犹曩⑥臣之前所得鱼也，臣亦将弃矣，臣安能无涕出乎？"魏王曰："误。有是心也，何不相告也？"于是布令于四境之内曰："有敢言美人者族。"

由是观之，近习之人，其挚谄也固矣，其自篡繁也完矣。今由千里之外，欲进美人，所效者庸必得幸乎？假之得幸，庸必为我用乎？而近习之人相与怨，我见有祸，未见有福，见有怨，未见有德。非用知之术也。

59

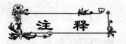

①龙阳君：魏王宠信之臣。

②涕：眼泪。

③凶恶：指面貌丑陋。

④走人于庭：指人们在朝廷上看到龙阳君要趋步而行，以示敬重。

⑤褰裳：提着衣裙。褰，揭起。

⑥曩：以往，从前。

译 文

魏王与宠臣龙阳君坐在一只船上钓鱼，龙阳君一会儿钓了十余尾鱼，但他却神色黯然，忧郁得眼泪都流下来了。魏王问他说："怎么这样，有什么不高兴，为什么不告诉我呢？"龙阳君说："我不敢不高兴啊。"魏王说："那为什么流泪呢？"龙阳君赶快回答道："我是因为为大王钓到这些鱼而流泪啊。"魏王说："这怎么说呢？"龙阳君说："我开始钓到这些鱼时非常喜欢，后来钓的鱼越来越大。现在，我真想把前面钓的鱼丢入水中，如今我自己长得这样丑陋的面貌，而得以在寝宫服侍王，被王赐封爵位，能在朝廷上趋使所有大臣，路上的人见了我都为我回避让道。我知道天下漂亮的人太多了，要听到我这样丑陋的人能得到大王你的宠信，一定会提着衣服跑到大王这里来的。到那时，我定会像我开始钓到的鱼那样，也会被扔掉的。想到这里，我怎么不伤心流泪呢？"啊！"魏王感叹一声说："有这种想法，为什么不告诉我呢？"于是魏王下令全国："今后，凡是有胆敢进献美人的，定要处以灭族之罪。"

由此看来，欲得君王宠信的人，他们在君王面前利用实施献媚的手段是理所当然，他们种种自我维护宠位的办法也是周密的。即便现在有人想从千里之外进献美人，可献来的美人未必能得到君王的宠信？如果能得宠信，未必就是真的有幸。而且进献来的美人在一起又互相争宠、怨恨，于是只会给他们各自带来祸患，而不是福运。在这里只有怨恨、明争暗斗，无道德可言，这不是用智谋可以解决的问题。

由是观之，近习之人，其挚馆也固矣，其自纂繁也完矣。今由千里之外，欲进美人，所效者庸必得幸乎？假之得幸，庸必为我用乎？而近习之人相与怨，我见有祸，未见有福，见有怨，未见有德。非用知之术也。

情规义劝

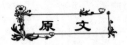

信陵君杀晋鄙

信陵君杀晋鄙,救①邯郸,破②秦人,存赵国。赵王自郊迎。

唐睢谓信陵君曰:"臣闻之:不可不知也,不可得而知也。不可忘也,不可不忘也。"曰:"何谓也?"对曰:"人之憎我也,不可不知也;吾憎人也,不可得而知也。人之有德于我也,不可忘也;吾有德于人也,不可不忘也。今君杀晋鄙,救邯郸,破秦人,存赵国,此大德也。今赵王自郊迎,卒然③见赵王,臣愿君之忘之也。"

信陵君曰:"无忌谨受教。"

文学常识丛书

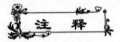

①救:解救。

②破:击败。

③卒然:突然。

信陵君杀了晋鄙,解救了被秦军包围的赵国国都邯郸,击败了秦军,救了赵国,赵王亲自到郊外隆重地迎接他的到来。

唐睢对信陵君说:"我听说过,事情有不可知道的,有不可不知道的;有不可忘记的,有不可不忘的。"信陵君说:"此话怎讲?"唐雎说:"别人讨厌我,不可以不知道;我所讨厌的人,不可以让别人知道。别人对我有恩德,我不可以忘记;我对别人有恩德,就不可以不忘记了。如今,你杀了晋鄙,解救了邯郸之围,击破了秦军,救了赵国,这是你的大恩大德啊。赵王亲自去郊外迎接你,你突然见到赵王,望你把这件事忘掉。"

信陵君说:"我真诚地接受你的教诲。"

人之憎我也,不可不知也;吾憎人也,不可得而知也。人之有德于我也,不可忘也;吾有德于人也,不可不忘也。

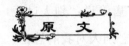

天下合从

　　天下合从。赵使魏加见楚春申君曰:"君有将乎?"曰:"有矣,仆欲将临武君。"魏加曰:"臣少之时好射,臣愿以射譬①之,可乎?"春申君曰:"可。"

　　加曰:"异日者,更羸与魏王处京台之下,仰见飞鸟。更羸谓魏王曰:'臣为王引弓虚发而下鸟。'魏王曰:'然则射可至此乎?'更羸曰:'可。'有间,雁从东方来,更羸以虚发而下之。魏王曰:'然则射可至此乎?'更羸曰:'此孽也。'王曰:'先生何以知之?'对曰:'其飞徐而鸣悲。飞徐者,故疮②痛也;鸣悲者,久失群也,故疮未息,而惊心未至也。闻弦音,引而高飞,故疮陨也。'今临武君,尝为秦孽,不可为拒秦之将也。"

文学常识丛书

　　①譬:打譬喻。
　　②疮:伤口。

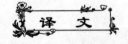

　　楚、韩、魏、赵、燕、齐六国实现了合纵,赵国使者魏加去会见楚国宰相

春申君，问他说："你有主将的人选了吗？"春申君说："有了，我打算用临武君为主将。"（魏加认为这个任用不合适，但又不好直接说出来，于是讲了一个故事。）魏加说："我少年时喜欢射击，我就以射击之事来打譬喻，可以吗？"春申君说："可以。"

魏加便说："从前，魏国有一个射击技术很高的人叫更赢。一次，更赢与魏王在高台之上，仰头望见飞鸟。更赢对魏王说：'我为大王拉满弓弦，虚发一箭，飞鸟就会被射下来。'魏王说：'你的射击技术真的这么高吗？'更赢说：'可以。'过了一会，一只雁从东方飞过来，更赢对着天空拉满弓虚发一箭，果然，这只雁应着弦声就跌落了下来。魏王感叹道：'你射箭的技术真达到这种程度啊。'更赢解释说：'这是一只受过伤，还未复元的雁。'魏王问：'先生你怎么知道呢？'更赢回答说：'它飞得很缓慢，鸣叫声很凄苦。飞得缓慢，是因为它有伤痛；鸣叫得凄苦，是因为它是失群的孤雁。因为伤痛没好，它的心里一定很恐慌，听到弦鸣声后，它想振翅高飞，却拉动了原有的伤痛，它就掉下来了。'临武君过去与秦军作战，吃过败仗。这次与秦作战，再让他为主将，就会像惊弓之鸟一样，是不能抵御秦国进攻的。"

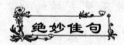

其飞徐而鸣悲。飞徐者，故疮痛也；鸣悲者，久失群也，故疮未息，而惊心未至也。闻弦音，引而高飞，故疮陨也。'今临武君，尝为秦孽，不可为拒秦之将也。

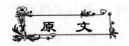

庄辛谓楚襄王

庄辛谓楚襄王曰："君王左州侯,右夏侯,辇从鄢陵君与寿陵君,专淫逸侈靡,不顾国政,郢都必危矣。"襄王曰："先生老悖①乎?将以楚国祆祥乎?"庄辛曰："臣诚见其必然者也,非敢以为国祆祥也。君王卒幸四子者不衰,楚国必亡矣。臣请辟于赵,淹留以观之"。庄辛去之赵,留五月,秦果举鄢、郢、巫、上蔡、陈之地。

襄王流掩于城阳,于是使人发驺征庄辛于赵。庄辛曰："诺"。庄辛至,襄王曰："寡人不能用先生之言,今事至于此,为之奈何?"

庄辛对曰："臣闻鄙语②曰:'见兔而顾犬,未为晚也;亡羊而补牢,未为迟也。'臣闻昔汤、武以百里昌,桀、纣以天下亡。今楚国虽小,绝长续短,犹以数千里,岂特百里哉?王独不见夫蜻蛉乎?六足四翼,飞翔乎天地之间,俯啄蚊虻而食之,仰承甘露而饮之,自以为无患,与人无争也。不知夫五尺童子,方将调饴胶丝,加己乎四仞之上,而下为蝼蚁食也。蜻蛉其小者也,黄雀因是以。俯噣白粒,仰栖茂树,鼓翅奋翼,自以为无患,与人无争也。不知夫公子王孙,左挟弹,右摄丸,将加己乎十仞之上,以其类为招。昼游乎茂树,夕调乎酸咸。倏忽之间,坠于公子之手。夫雀其小者也,黄鹄因是以。游于江海,淹乎大沼,府噣鳝鲤,仰啮衡,奋其六翮,而凌清风,飘摇乎高翔,自以为无患,与人无争也。不知乎射者,方将修其卢,治其缯缴,将加己乎百仞之上,被磻礅,引微缴,折清风而抎矣。故昼游乎江河,夕调乎鼎鼐。夫黄鹄其小者也,蔡圣侯之事因是以。南游乎高陂,北陵乎巫山,饮茹溪流,食香波之鱼,左抱幼妾,右拥嬖女,与之驰骋乎高蔡之中,而不以国家为事,不知夫子发方受命乎宣王,系己以朱丝而见之也。蔡圣侯之事其小者也,君王之事因是以[3]。左州侯,右夏侯,辇从鄢陵君与寿陵君,饭封禄之粟,而载方府之金,与之驰骋乎云梦之中,而不以天下国家为事。不知夫穰侯方受命乎秦王,填黾塞之内,而投己乎黾塞外。"

襄王闻之,颜色变作,身体战栗。于是乃以执珪而授之为阳陵君,与淮北之地也。

67

注 释

①悖:糊涂。
②鄙语:俗语。
③因是以:也是这样。

译 文

庄辛对楚襄王说:"大王你左有州侯,右有夏侯,乘车出游还有鄢陵王、寿陵王随从陪侍。奢侈淫逸,尽情享乐,以至不理朝政,都城郢都总有一天会保不住的。"襄王说:"先生你是老糊涂了,还是认为这样是楚国的不祥之兆呢?"庄辛说:"我确实看到楚国会有这一天的,我绝不敢说这些来给楚国散布什么不祥。但大王如此宠信这四个人,毫不收敛,楚国会有这一天的,我请求暂时到赵国去避一避,住一段时间观察观察。"庄辛去到赵国,滞留了五个月。秦军果然攻陷了鄢、郢、巫、上蔡、陈等地。

襄王流亡到了城阳,于是派遣车马侍从到赵国去,召请庄辛回国。庄辛说:"好吧!"庄辛到城阳见了襄王,襄王说:"我没有听先生的忠告提醒,以致于到了今天这个地步,该怎么办呢?"

庄辛回答说:"俗话说,'看见兔子再放犬出去,未必就晚了,丢了羊只再来补羊圈也未必就迟了'。我听说,汤王、武王起初不过是百里小国的诸侯,但他们凭借着这百里地盘也昌盛发达起来;而夏桀和殷纣虽拥有天下,但最终还是灭亡了。如今楚国虽小,但把国土集中起来,还是有几千里的版图,又岂止百里呢!大王难道没有看见过蜻蜓吗?六只脚、一对翅膀,自由自在地在天地间飞翔,上下捕捉蚊虻吃,汲取甘露,自以为没有灾祸与忧患,与人无争,却不知小小儿童,把胶饴涂在丝网上,系上长竿,能把在离地面四仞多高的空中飞着的蜻蜓粘下来,而成为蚂蚁的美餐呢?蜻蜓的事是其中的小事,而黄雀也是这样,它时而俯身到地上啄米粒,时而高栖在茂密的树枝上;时而鼓动起双翅,奋力激飞,自以为没有忧患,自由自在,与世人无争。却不知王孙公子还左手拿着弹弓,右手担着弹丸,把它从十仞高的空中射下来,他就成了王孙公子们的猎物了。它们白天还在茂密的树丛中游玩,晚上就被人拌上酸咸等调料而成了人们饭桌上的美味佳肴。黄雀的事是其中的小事,而黄鹄也是如此。它们游弋于江海,栖息于水边。俯身到水里吃鳝鱼、鲤鱼,吃青荇与菱角,展开双翅鼓翼乘风而高飞,自以为没有忧患、自由自在,与世无争。却不知一些善射的人,制作一种锐利的箭,黄鹄被带绳的箭射中,拖着绳自空中而坠落。所以,白天还在江河中游玩,晚上就成了人们锅中烹煮的食物了。黄鹄的事是其中的小事,蔡灵侯也是这样。他南游高丘,北游巫山,马饮茹溪之水,人食湘江之鱼;左手抱着小妾,右手拥着最宠爱的侍女,与她们周游于高蔡各地,而不理国务政事,殊

文学常识丛书

不知子发正接受楚宣王的命令，要用绳子困绑他去见宣王呢。蔡灵侯的事是小事，君王你的事也是这样。你左有州侯、右有夏侯，乘车出游有鄢陵和寿陵君两人为侍从相陪，吃的是从封地收的五谷，车上载着从四方进贡国库的钱财。你和他们奔驰于云梦之中，而不把国务放在心中，你不知那穰侯王正在接受秦王的命令，率军进入鄳塞进攻我国疆土，要把大王赶出鄳塞吗？"

楚襄王听后，脸色剧变，全身颤栗。于是就封庄辛为阳陵君，授给执珪璧爵位，于以重用，并赐于淮北之地。

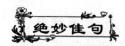

见兔而顾犬，未为晚也；亡羊而补牢，未为迟也。

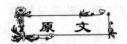

齐欲伐魏

齐欲伐魏。淳于髡谓齐王^①曰:"韩子卢^②者,天下之疾犬也。东郭逡者,海内之狡兔也。韩子卢逐东郭逡^③,环山者三,腾山者五,兔极于前,犬废于后,犬兔俱罢,各死其处。田父见之,无劳倦之苦,而擅其功。今齐魏久相持,以顿其兵,弊其众,臣恐强秦、大楚承其后,有田父之功。"齐王惧,谢将休士也。

①齐王:齐宣王。

②卢:黑犬。

③东郭逡:东郭山之狡兔。

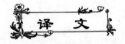

齐国准备攻打魏国。淳于髡对齐王说:"韩国的黑狗,是跑得非常快的狗,东郭逡,是海内有名的狡兔。据说韩子卢追赶东郭逡,围绕山头追了三圈,又五次翻过山头追赶。兔子极度疲乏还勉强在前面跑,黑犬却困倦得落到了后面。犬和兔终于累死了,躺在地上不动了。一个农夫见了它们,以为自己没费一点力气,就得到了好成果。如今,齐国和魏国互相对峙,使军队处于困乏疲劳之中，我担心强秦和大楚会如那个农夫一样地坐享其成。"齐王听后，心中很畏惧，便遣散了将官与士兵，不再攻打魏国了。

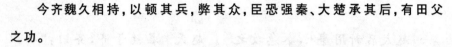

今齐魏久相持，以顿其兵，弊其众，臣恐强秦、大楚承其后，有田父之功。

71

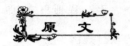

触詟说赵太后

赵太后新用事①，秦急攻之②。赵氏③求救于齐，齐曰："必以长安君④为质⑤，兵乃⑥出。"太后不肯，大臣强⑦谏。太后明⑧谓左右⑨："有复言令长安君为质者，老妇必唾其面。"

左师触詟愿⑩见太后，太后盛气⑪而揖⑫之。入而徐趋⑬，至而自谢，曰："老臣病足⑭，曾⑮不能疾走⑯，不得见久矣，窃⑰自恕⑱，而恐太后玉体⑲之有所郄⑳也，故愿望见㉑太后。"太后曰："老妇恃㉒辇㉓而行。"曰："日㉔食饮得无㉕衰㉖乎？"曰："恃鬻㉗耳。"曰："老臣今者㉘殊㉙不欲食，乃自强步㉚，日三四里，少益㉛者㉜食，和㉝于身。"太后曰："老妇不能。"太后之色㉞稍解㉟。

左师公㊱曰："老臣贱息㊲舒祺，最少，不肖㊳；而臣衰，窃爱怜㊴之。愿令得补黑衣㊵之数，以卫王宫。没死㊶以闻㊷。"太后曰："敬㊸诺㊹。年几何㊺矣？"对曰："十五岁矣。虽少，愿及㊻未填沟壑㊼而托㊽之㊾。"太后曰："丈夫㊿亦爱怜其少于乎？"对曰："甚于妇人[51]。"太后笑曰："妇人异甚[52]。"对曰："老臣窃以为媪[53]之爱燕后[54]，贤[55]于长安君。"曰："君过[56]矣！不若长安君之甚。"左师公曰："父母之爱子，则为之计深远。媪之送燕后也，持其踵[57]，为之泣，念悲其远也，亦哀之矣。已行，非弗思也，祭祀必祝之[58]，祝曰：'必勿使反[59]。'岂非计久长，有子孙相继为王也哉？"太后曰："然。"

左师公曰:"今三世以前⑩,至于赵之为赵⑪,赵主之子孙侯者,其继⑫有在者乎?"曰:"无有。"曰:"微独⑬赵,诸侯有在者乎⑭?"曰:"老妇不闻也。""此其近者⑮祸及身,远者⑯及其子孙,岂人主之子孙则必不善哉?位尊而无功,奉厚而无劳,而挟⑰重器⑱多也。今媪尊⑲长安君之位,而封之以膏腴⑳之地,多予之重器,而不及今令有功于国,一旦山陵崩㉑,长安君何以自托于赵㉒?老臣以媪为长安君计短也,故以为其㉓爱不若燕后。"太后曰:"诺,恣㉔君之所使之㉕。"于是为长安君约车百乘,质㉖于齐,齐兵乃出。

① 新用事:刚开始执政。公元前266年,赵惠文王死,因其子孝成王年幼,由赵太后执政。

② 秦急攻之:孝成王元年(公元前265年)秦国加紧进攻赵国。

③ 赵氏:即赵国。赵的祖先造父受幸于周穆王,封于赵城(今山西洪洞北),因此以赵为氏。周幽王时,叔带始建赵氏于晋国,事晋文侯。赵烈侯(名籍)六年(公元前404年),周威烈王承认赵氏为诸侯,建都晋阳(今山西太原)。公元前386年,迁都邯郸(今河北邯郸)。

④ 长安君:赵太后幼子的封号。

⑤ 质:抵押品,人质。

⑥ 乃:副词,才。

⑦ 强:竭力,极力。

⑧ 明:明白地,这里作状语。

⑨ 左右:指赵太后身边的近臣。

⑩ 愿:要,希望。

⑪盛气:怒气冲冲。

⑫揖:《史记·赵世家》中"揖"作"胥",马王堆出土帛书亦作"胥"。胥,通"须",等待。

⑬徐趋:古代臣子见国君时,按礼节规定应当"疾趋"即快步走,但触詟因患脚疾,不能快走,只能"徐趋"。徐,慢。趋,快步走。实际上触詟只作出快步走的样子,但走得很慢。

⑭病足:脚有毛病。这里的"病"是动词。

⑮曾:副词,用在"不"字前面有加强否定的作用。

⑯疾走:快跑。

⑰窃:副词,表示谦意,私下。

⑱恕 :原谅。

⑲玉体:贵体,这样说是对赵太后表示恭敬。

⑳有所郄(xì):有缺陷,这里指身体有毛病。郄,同"隙",空隙,这里用的是引申义。

㉑望见:远远地望见。这是一种谦恭的说法。

㉒恃(shì):依靠。

㉓辇(niǎn):古时一种用人拉的车,后来多指帝、后坐的车。

㉔日:每天,这儿作状语。

㉕得无:常与"乎"字相呼应,相当于现代汉语"该不会……吧"的意思。

㉖衰:减少。

㉗鬻:同"粥"。

㉘今者:近来。

㉙殊:副词,很。

㉚强(qiǎng)步:勉强散步。步,动词,慢走。

㉛少益:稍加。

㉜耆：通“嗜”，喜爱。

㉝和：舒适。

㉞色：脸色，这里指怒色。

㉟解：消退，缓和。

㊱左师公：即触詟，“公”表示尊敬。

㊲贱息：对别人谦称自己的儿子。息，子女。

㊳不肖（xiào）：不贤，不才。

㊴怜：疼爱。

㊵黑衣：卫士的代称。当时王宫的卫士都穿黑色的衣服。

㊶没死：昧死，冒昧而犯死罪。《史记·赵世家》作“昧死”。

㊷闻：使动用法，使（国君）听到，即禀告的意思。“没死以闻”是臣子向帝王说话时表示敬畏态度的说法。

㊸敬：表示客气。

㊹诺：应对之词，表示允许对方的请求。

㊺几何：多少。

㊻及：趁着。

㊼填沟壑（hè）：指死。这是委婉的说法。“填沟壑”一般指百姓死，也谦称自己死亡。

㊽托：托付。

㊾之：指舒祺。

㊿丈夫：古代对男子的通称。

(51)甚于妇人：比妇人还（爱得）厉害。

(52)异甚：特别厉害。

(53)媪（ǎo）：对年老妇女的敬称。

(54)燕后：赵太后的女儿，嫁给燕王为后，故称燕后。

⑤贤:超过。

⑥过:动词,错。

⑤持其踵:握着她的脚后跟。这是写送别燕后的情景。

⑥祝之:为她祷告。

⑤必勿使反:一定不要让她被送回来。古代诸侯的女儿远嫁到别国,只有被废或亡国才能回到母家,所以赵太后怕女儿回来。反,即"返"。

⑥三世以前:指赵肃侯时。"三世"指武灵王、惠文王和孝成王。

⑥赵之为赵:赵国成为赵国,即赵氏立国的时候(赵烈侯时)。

⑥继:用做名词,继承侯位的人。

⑥微独:不仅,不只是。

⑥诸侯有在者乎:这句是"诸侯之子孙侯者,其继有在者乎"的省略。"诸侯"指赵国以外的各国侯王。

⑥近者:距离祸患近一点的。

⑥远者:距离祸患远一点的。

⑥挟(xié):挟持,拥有。

⑥重器:古代把宗庙、朝廷中的钟鼎等礼器作为国家权力的象征,叫重器,这里泛指宝贵的器物。

⑥尊:使动用法,使…尊贵,即提高,抬高。

⑦膏腴:肥沃。

⑦山陵崩:比喻国君死亡。这里指赵太后去世。

⑦自托于赵:在赵国托身,即在赵国站住脚的意思。

⑦其:代词,这里活用为第二人称,您。

⑦恣(zì):任凭,随便。

⑦所使之:支使他的方式。全句的意思是随便你怎么支使他。

⑦质:用作动词,抵押。

赵太后刚刚执政,秦国加紧攻赵。赵国向齐国求救。齐国说:"一定要把长安君作为人质,才派兵。"赵太后不肯答应,大臣们极力劝说,太后明白地对左右的人说:"有哪个再来说要长安君为人质的,我就要把唾沫吐在他的脸上。"

左师官触詟希望进见太后,太后气冲冲地等着他。触詟来到宫中,慢慢地小跑着,到了太后跟前谢罪道:"我脚上有毛病,竟不能快步走。好久都没见您了,我还自己原谅自己哩。我怕您玉体欠安,所以想来见见您。"太后道:"我靠车子才能行动。"触詟又问:"每日饮食该没减少吧?"太后道:"不过吃点稀饭罢了。"触詟说:"我近来很不想吃什么,却勉强散散步,每天走三四里,稍稍增加了一些食欲,身体也舒畅了些。"太后说:"我做不到啊。"太后的怒色稍稍地消了些。

触詟又说:"老臣的贱子舒祺年岁最小,不成器得很,而我已经衰老了,心里很怜爱他,希望他能充当一名卫士,来保卫王宫。我特冒死来向您禀告。"太后答道:"好吧。他多大了?"触詟道:"十五岁了。不过,虽然他还小,我却希望在我没死之前把他托付给您。"太后问道:"男子汉也爱他的小儿子吗?"触詟答道:"比女人还爱得很哩!"太后答道:"女人格外疼爱小儿子。"触詟说:"我私下认为您对燕后的爱怜超过了对长安君。"太后道:"您说错了,我对燕后的爱远远赶不上对长安君啊!"触詟言道:"父母疼爱自己的孩子,就必须为他考虑长远的利益。您把燕后嫁出去的时候,拉着她的脚跟,还为她哭泣,不让她走,想着她远嫁,您十分悲伤,那情景够伤心的了。燕后走了,您不是不想念她。可是祭祀时为她祝福,说:'千万别让她回来。'您这样做难道不是为她考虑长远利益、希望她有子孙能相继为燕王吗?"太后答道:"是这样。"

左师触詟又说:"从现在的赵王上推三代,直到赵氏从大夫封为国君为止,历代赵国国君的子孙受封为侯的人,他们的后嗣继承其封爵的,还有存在的吗?"太后答道:"没有。"触詟又问:"不只是赵国,诸侯各国有这种情况吗?"太后道:"我还没听说过。"触詟说道:"这大概就叫做:近一点呢,祸患落到自己身上;远一点呢,灾祸就会累及子孙。难道是这些人君之子一定都不好吗?但他们地位尊贵,却无功于国;俸禄优厚,却毫无劳绩,而他们又持有许多珍宝异物。(这就难免危险了)。现在您使长安君地位尊贵,把肥沃的土地封给他,赐给他很多宝物,可是不乘现在使他有功于国,有朝一日您不在了,长安君凭什么在赵国立身呢?我觉得您为长安君考虑得太短浅了,所以认为您对他的爱不及对燕后啊!"太后答道:"行了,任凭您把他派到哪儿去。"于是为长安君准备了上百辆车子,到齐国做人质。齐国于是派兵救赵。

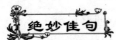

文学常识丛书

此其近者祸及身,远者及其子孙,岂人主之子孙则必不善哉?位尊而无功,奉厚而无劳,而挟重器多也。今媪尊长安君之位,而封之以膏腴之地,多予之重器,而不及今令有功于国,一旦山陵崩,长安君何以自托于赵?老臣以媪为长安君计短也,故以为其爱不若燕后。

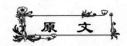

孟尝君将入秦

孟尝君将入秦，止者千数而弗听。苏秦欲止之，孟尝曰："人事者，吾已尽知之矣；吾所未闻者，独鬼事耳。"苏秦曰："臣之来也，固不敢言人事也，固且以鬼事见君。"孟尝君见之。谓孟尝君曰："今者臣来，过于淄上①，有土偶人②与桃梗③相与语。桃梗谓土偶人曰：'子，西岸之土也，挺④子以为人，至岁八月，降雨下，淄水至，则汝残矣。'土偶曰：'不然。吾西岸之土也，土则复西岸耳。今子，东国之桃梗也，刻削子以为人，降雨下，淄水至，流子而去，则子漂漂者将何如⑤耳？'今秦四塞之国，譬若虎口，而君入之，则臣不知君所出矣。"孟尝君乃止。

①淄上：淄水之上。淄，水名，源出山东莱芜东北原山之阴，东北流，至寿光县，汇为清水泊，又北出，入小清河，由淄河口入海。

②土偶人：用泥土捏的人。

③桃梗：用桃木枝刻的人。

④挺：揉合，此指揉制。

⑤何如：何往。

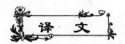

　　孟尝君将要去秦国,有上千人劝他不要去,而他都不听。苏秦也想去劝阻他,孟尝君说:"人世间的事,我已经全都知道了,唯独鬼事我还没有听到过。"苏秦说:"我今天来,本来就不敢说人间的事,就和你说说鬼事吧。"孟尝君便决定与他相见。苏秦对孟尝君说:"今天我从淄水上来,看见一个土偶人和一个木偶人在一起,木偶人对土偶人说:'你是西边河岸上的土制成的,到了八月大雨季,淄水一涨,你就被淹没了。'土偶人立即回敬木偶人:'不对,我是西岸的泥土制成的,即使被淹毁,也不过仍回到西岸上而已;而你是东方的桃树梗,雕刻之后成为人形的,大雨一来,暴涨的河水将把你冲走,你将随河水漂流到哪儿去呢?'讲完这个鬼事,苏秦郑重地对孟尝君说:"如今,秦国是四面关山阻碍,譬如虎口。你去之后,又如何出来呢?"孟尝君听后,就决定不去秦国了。

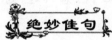 **绝妙佳句**

　　桃梗谓土偶人曰:'子,西岸之土也,挺子以为人,至岁八月,降雨下,淄水至,则汝残矣。'土偶曰:'不然。吾西岸之土也,土则复西岸耳。今子,东国之桃梗也,刻削子以为人,降雨下,淄水至,流子而去,则子漂漂者将何如耳?'

文学常识丛书

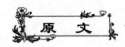

苏厉谓周君

苏厉①谓周君曰:"败韩、魏、杀犀武,攻赵,取蔺②、离石③、祁④者,皆白起⑤。是攻用兵⑥,又有天命也。今攻梁⑦,梁必破,破则周危,君不若止也。"

谓白起曰:"楚有养由基⑧者,善射。去柳叶者百步而射之,百发百中。左右皆曰'善'。有一人过,曰:'善射,可教射也矣。'养由基曰:'人皆善,子乃曰可教射。子何不代我射之也?'客曰:'我不能教子支左屈右⑨。夫射柳叶者,百发百中而不已善息⑩,少焉气力倦,弓拨矢钩⑪,一发不中,前功尽矣。'今公破韩、魏,杀犀武,而北攻赵,取蔺、离石、祁者,公也。公之功甚多。今公又以秦兵出塞⑫,过两周⑬,践⑭韩而以攻梁。一攻而不得,前功尽灭⑮。公不若称病不出⑯也。"

注 释

①苏厉:苏秦之弟。

②蔺:地名,在今山西离石县西。

③离石:地名,在今山西离石县。

④祁:地名,在今山西祁县。

⑤白起:秦将,秦大夫白乙丙的后代,封为武安君,眉地(在今陕西眉

县)人。

⑥攻用兵：即善用兵。

⑦梁：大梁(在今河南开封市)，魏都。

⑧养由基：姓养名由基，楚国人，以善射闻名。

⑨支左屈右：支撑左臂，弯屈右臂，挽弓射箭的最佳姿势。

⑩不已善息：不因为善射而停止歇息。

⑪弓拨矢钩：弓拉不正，箭路也弯了。

⑫出塞：出伊阙塞。

⑬两周：指东周、西周。

⑭践：通过。

⑮灭：化为无有。

⑯不出：指不出兵攻梁。

译　文

苏厉对周天子赧王说："打败韩国、魏国、杀掉犀武，攻破赵国，打下蔺、离石、祁等地都是秦国的白起将军。白起将军能攻善战，似有天神相助一般。现在他又计划要去攻打魏国京都梁地，梁地必定会被攻占，那样周国就危险了。君王要想办法制止白起对魏国用兵啊。"

于是苏厉对周天子赧王讲了下面的故事，让赧王用故事中的道理去说服白起。故事说：楚国有个姓养名由基的人，很善于射箭；距离柳树叶百步之外放箭，可以百发百中。周围旁观者都称赞他箭法高明。有一个人却走过来对养由基说："箭射得好，可以教你学用箭术了。"养由基听后说："人人都说我箭射得好，你怎么说才可教我用箭？"你来做个用箭样子给我看看。"那人说："我不能教你伸直左臂撑住弓身、弯曲右臂拉开弓弦等射箭的基本方法。一个在百步之外射柳树叶的人可以百发百中，但不在最恰当的时间停下来——这就是用箭术——稍过一会儿就会疲倦而没有力气。拉开弓而箭矢直射不出去，一发射不中，就会前功尽弃了。如今已攻破韩、魏，杀掉了犀武，北面攻取了蔺、离石、祁等地，都是将军你的功劳。现在你又受命带兵出塞，要经过两周、再越过韩国而去攻打魏国梁地，路途遥远，关隘阻塞，战线过长，如果没有一举攻下，那么就会前功尽弃，将军你不如称病，不要去领兵出关了。"

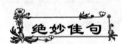

楚有养由基者，善射。去柳叶者百步而射之，百发百中。左右皆曰'善'。有一人过，曰：'善射，可教射也矣。'养由基曰：'人皆善，子乃曰可教射。子何不代我射之也？'客曰：'我不能教子支左屈右。夫射柳叶者，百发百中而不已善息，少焉气力倦，弓拨矢钩，一发不中，前功尽矣。

作者简介

荀子(约公元前 313－公元前 238 年)，名况，字卿，赵国人。曾游学齐、秦、楚诸国，先后在齐国为列大夫和祭酒、在楚国任兰陵令。李斯和韩非都是他的学生。荀子是战国后期儒家思想的集大成者。所著《荀子》三十二篇，说理绵密，结构严整，笔力浑厚，更具有很强的思想性和文学性。《劝学》畅论了为学的重要性以及治学的态度、途径和方法，是荀子文章中极具有代表性的一篇。

文学常识丛书

原　文

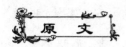

劝 学

君子曰①：学不可以已②。青，取之于蓝③而青于蓝；冰，水为之而寒于水。本直中④绳⑤，𫐓⑥以为轮，其曲中规⑦；虽有槁⑧暴⑨，不复挺⑩者，𫐓使之然也。故木受绳则直，金⑪就砺⑫则利，君子博学而日参⑬省⑭乎己，则知⑮明而行无过矣。

故不登高山，不知天之高也；不临深谿，不知地之厚也；不闻先王之遗言，不知学问之大也。干⑯越夷貉⑰之子⑱，生而同声，长而异俗，教使之然也。《诗》曰："嗟⑲尔君子，无恒⑳安息㉑。靖㉒共㉓尔位㉔，好㉕是正直。神之听㉖之，介㉗尔景㉘福。"神㉙莫大于化道㉚，福莫长于无祸。

吾尝终日而思矣，不如须臾㉛之所学也；吾尝跂㉜而望矣，不如登高之博见也。登高而招，臂非加长也，而见者远；顺风而呼，声非加疾㉝也，而闻者彰㉞。假㉟舆马者，非利足㊱也，而致㊲千里；假舟楫㊳者，非能㊴水也，而绝㊵江河。君子生㊶非异也，善假于物㊷也。

积土成山，风雨兴焉；积水成渊，蛟龙生焉；积善成德，而㊸神明㊹自得，圣心㊺备焉。故不积跬步㊻，无以至千里；不积小流，无以成江海。骐骥㊼一跃，不能十步；驽马㊽十驾㊾，功在不舍㊿。锲(51)而舍之，朽木不折；锲而不舍，金石可镂。蚓(52)无爪牙之利，筋骨之强，上食埃土，下饮黄泉，用心一也。蟹八跪^㊼而二螯^㊼，非蛇鳝之穴无可寄托者，用心躁也。是故无冥冥^㊼之志者，无昭昭^㊼之明；无惛惛之事者，无赫赫^㊼之功。行衢道^㊼者不至，事两君者不容。目不能两视而明，耳不能两听而聪。螣^㊼蛇无足而飞，鼫鼠五技而穷^㊿。《诗》曰："尸鸠在桑，其子七兮。淑人君子，其仪一兮。其仪一兮，心如结^㊱兮！"故君子结于一也。

注释

①君子曰：古书中征引前贤名论的习惯引言。

②已：止。

③蓝：染青色的植物。

④中（zhòng）：合于。

⑤绳：匠人求直的工具。

⑥輮（róu）：使木弯曲。

⑦规：圆规。

⑧槁：枯。

⑨曝：晒干。

⑩挺：直。

⑪金：指金属的刀类。

⑫砺：磨刀石。

⑬参：同"三"，指多数。

⑭省（xǐng）：省察。

⑮知：同"智"。

⑯干：国名。

⑰貃:古代东北部族名。

⑱子:孩子。

⑲嗟:感叹词。

⑳恒:常常。

㉑安息:安处。

㉒靖:谋。

㉓共:同"恭"。

㉔位:职位。

㉕好:爱好。

㉖听:察觉。

㉗介:助,佑。

㉘景:大。

㉙神:学问、修养的最高境界。

㉚化道:受道熏染而使气质高雅。

㉛须臾:片刻。

㉜跂(qǐ):提起脚后跟。

㉝疾:壮,指声音宏壮。

㉞彰:清楚。

㉟假:凭借,借助。

㊱利足:行走便利、迅速。

㊲致:达到。

㊳木戟(jì):同"楫",桨。

㊴能:此处读为耐(nài)。

㊵绝:渡过。

㊶生:此处读为性(xìng)。

情规义劝

㊷物：外物。

㊸而：则。

㊹神明：指智慧。

㊺圣心：圣人的心。

㊻跬(kuǐ)步：半步。

㊼骐骥：千里马。

㊽驽马：劣马。

㊾十驾：十日的路程。

㊿舍：舍弃。

51锲(qiè)：与下文的镂(lòu)均做雕刻讲。

52蚓：蚯蚓。

53跪：足。

54螯：前足。

55冥冥、惛(hūn)惛：均指精神不专一。

56昭昭：明达。

57赫赫：显盛。

58衢(qú)道：歧路。

59螣(téng)：传说中会飞的蛇，或龙的一种。

60穷：困窘。

61心如结：指用心专一。

文学常识丛书

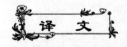

译文

君子说：学习是不可以停止的。靛青，是从蓝草中提取的，却比蓝草的颜色还要青；冰，是水凝固而成的，却比水还要寒冷。木材笔直，合乎墨线，

（如果）它把烤弯煣成车轮，（那么）木材的弯度（就）合乎圆的标准了，即使再干枯了，（木材）也不会再挺直，是因为经过加工，使它成为这样的。所以木材经过墨线量过就能取直，刀剑等金属制品在磨刀石上磨过就能变得锋利，君子广泛地学习，而且每天检查反省自己，那么他就会聪明多智，而行为就不会有过错了。

所以，不登上高山，就不知天多么高；不面临深涧，就不知道地多么厚；不懂得先代帝王的遗教，就不知道学问的博大。干、越、夷、貉之人，刚生下来啼哭的声音是一样的，而长大后风俗习惯却不相同，这是教育使之如此。《诗经》上说："你这个君子啊，不要老是想着安逸。认真对待你的本职，爱好正直的德行。神明听到这一切，就会赐给你巨大的幸福。"精神修养没有比受道的薰陶感染更大的，福分没有比无灾无祸更长远的。

我曾经整天发思索，（却）不如片刻学到的知识（多）；我曾经踮起脚远望，（却）不如登到高处看得广阔。登到高处招手，胳臂没有比原来加长，可是别人在远处也看见；顺着风呼叫，声音没有比原来加大，可是听的人听得很清楚。借助车马的人，并不是脚走得快，却可以行千里，借助舟船的人，并不是能游水，却可以横渡江河。君子的本性跟一般人没什么不同，（只是君子）善于借助外物罢了。

堆积土石成了高山，风雨就从这儿兴起了；汇积水流成为深渊，蛟龙就从这儿产生了；积累善行养成高尚的品德，那么就会达高度的智慧，也就具有了圣人的精神境界。所以不积累一步半步的行程，就没有办法达到千里之远；不积累细小的流水，就没有办法汇成江河大海。骏马一跨跃，也不足十步远；劣马拉车走十天，（也能走得很远，）它的成功就在于不停地走。（如果）刻几下就停下来了，（那么）腐烂的木头也刻不断。（如果）不停地刻下去，（那么）金石也能雕刻成功。蚯蚓没有锐利的爪子和牙齿，强健的筋骨，却能向上吃到泥土，向下可以喝到泉水，这是由于它

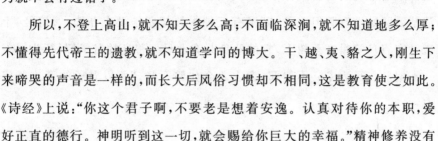

用心专一啊。螃蟹有八只脚,两只大爪子,(但是)如果没有蛇、蟮的洞穴它就无处存身,这是因为它用心浮躁啊。因此没有刻苦钻研的心志,学习上就不会有显著成绩;没有埋头苦干的实践,事业上就不会有巨大成就。在歧路上行走达不到目的地,同时事奉两个君主的人,两方都不会容忍他。眼睛不能同时看两样东西而看明白,耳朵不能同时听两种声音而听清楚。螣蛇没有脚但能飞,鼫鼠有五种本领却还是没有办法。《诗经》上说:"布谷鸟筑巢在桑树上,它的幼鸟儿有七只。善良的君子们,行为要专一不偏邪。行为专一不偏邪,意志才会如磐石坚。"所以君子的意志坚定专一。

绝妙佳句

青,取之于蓝而青于蓝。

不积跬步,无以至千里;不积小流,无以成江海。锲而舍之,朽木不折;锲而不舍,金石可镂。

作品简介

《学记》大约写于公元前的战国末年,是《礼记》49 篇中的一篇,作者不详,郭沫若认为像是孟子的学生乐正克所作。它是中国教育史上最早,也是最完善的极为重要的文献,值得认真研究。它从教育目的,教育原则,教学原则,教学方法,教师和学生,学校制度,学校管理等各方面都作了系统论述。虽然时隔 2000 多年,但是对今天的教育仍富有现实意义。

《学记》两则

虽有嘉肴①，弗食，不知其旨②也；虽有至道③，弗学，不知其善也。是故学然后知不足，教然后知困④。知不足，然后能自反⑤也；知困，然后能自强⑥也。故曰：教学相长也。

大学之法：禁于未发之谓豫，当其可之谓时，不陵节而施之谓孙，相观而善之谓摩。此四者，教之所由兴也。

发然后禁，则扞格而不胜；时过然后学，则勤苦而难成；杂施而不孙，则坏乱而不修；独学而无友，则孤陋而寡闻；燕朋逆其师；燕辟废其学。此六者，教之所由废也。

①肴：带骨头的肉。

②旨：甘美的味道。

③至道：好到极点的道理。

④困：不通。

⑤自反：反躬自省。

⑥强：勉励。

文学常识丛书

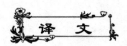

虽然有美味的肉食，不吃，不知道它的甘美。虽然有极好的道理，不学，不知道它的好处。所以学习之后才知道自己有所不足，教人之后才知道自己也有不通之处。知道自己有所不足，然后才能严格要求自己；知道自己有不通之处，然后才能勉励自己奋发上进。所以说教人和学习是相互促进的。

大学教育的方法是：在不合正道、有碍学习的事未发生之前加以禁止，这叫作预防；在适当的时候施教，这叫作及时；不超越学生接受能力的限度而施教，这叫作顺应；让学生互相观察学习而得到益处，这叫作观摩。这四点是教育成功的原因。

事情发生以后才加以禁止，就会遇到抵触，难以克服；错过时机以后才去学习，虽然勤苦，也难有成就；杂乱无章地施教而不顺应事理，就会使教学受到破坏，混乱无绪而无法整顿；单独学习而没有朋友互相切磋，就会孤陋寡闻；轻慢而不庄重的朋友会使学生违背师长的教诲；轻慢邪僻的言行会使学生荒废学业。这六点是教育失败的原因。

绝妙佳句

虽有嘉肴，弗食，不知其旨也；虽有至道，弗学，不知其善也。是故学然后知不足，教然后知困。知不足，然后能自反也；知困，然后能自强也。故曰：教学相长也。

作者简介

　　司马迁(公元前145—约前87年),字子长,他的《史记》在中国散文发展史上起着承前启后的作用,它既开创了中国纪传体史学,也开创了中国的传记文学。它记叙了上自黄帝下至汉武帝太初年间,共计3000多年的历史,全书共103篇,50多万字。

淳于髡

淳于髡者，齐之赘婿①也。长不满七尺，滑稽多辩，数使诸侯，未尝屈辱。齐威王之时，喜隐②，好为淫乐长夜之饮，沉湎不治，委政卿大夫。百官荒乱，诸侯并侵，国且危亡，在于旦暮，左右莫敢谏。淳于髡说之以隐曰："国中有大鸟，止王之庭，三年不蜚又不鸣，不知此鸟何也？"王曰："此鸟不飞则已，一飞冲天；不鸣则已，一鸣惊人。"于是乃朝诸县令长七十二人，赏一人，诛一人，奋兵而出。诸侯振惊，皆还齐侵地。威行三十六年。语在《田完世家》中。

威王八年，楚大发兵加齐。齐王使淳于髡之赵请救兵，赍金百斤，车马十驷。淳于髡仰天大笑，冠缨索绝。王曰："先生少之乎？"髡曰："何敢！"王曰："笑岂有说乎？"髡曰："今者，臣从东方来，见道傍有禳田者，操一豚蹄，酒一盂，祝曰：'瓯窭满篝，汙邪满车，五谷蕃熟，穰穰③满家。'臣见其所持者狭而所欲者奢，故笑之。"于是齐威王乃益赍黄金千镒，白璧十双，车马百驷。髡辞而行，至赵。赵王与之精兵十万，革车千乘。楚闻之，夜引兵而去。

①赘婿:战国、秦、汉时,家贫卖子与人为奴,三年不能赎还,主家以女子匹配之,称为赘婿。在当时是社会地位很低的人。

②隐:隐语。不把本意直接说出而借别的词语来暗示的话。

③穰穰:丰收的样子。

译 文

淳于髡是齐国的一位入赘女婿。身高不足七尺。为人滑稽,能言善辩,屡次出使诸侯国,从未受过屈辱。齐威王在位时喜好说谜语,彻夜陶醉于酒宴,不理政事,将国事委托卿大夫。文武百官也荒淫放纵,各国都来侵犯,国家危在旦夕。身边近臣不敢进谏。淳于髡用隐语劝谏说:"国中有大鸟,落在大王庭院里,三年不飞又不叫,大王猜这是什么鸟?"齐威王说:"这只鸟不飞则已,一飞就直冲云霄;不鸣则已,一鸣惊人。"于是就诏令全国七十二县长官来朝奏事,奖赏一人,诛杀一人;又发兵御敌,诸侯十分惊恐,都把侵占的土地归还齐国。齐国的声威竟维持三十六年。这些话都记载在《田完世家》里。

齐威王八年,楚国派大军侵齐,齐王派淳于髡出使赵国求援,让他携带礼物黄金百斤,驷马车十辆。淳于髡仰天大笑,将系帽的带子都笑断了。威王说:"先生是否嫌礼太少?"淳于髡说:"怎敢嫌少!"威王说:"那你笑,难道有什么说辞吗?"淳于髡说:"今天我从东边来时,看到路旁边有个祈祷田神的人,拿着一个猪蹄,一杯酒,却祈祷说:'高地上收获的谷物盛满篝笼,低田里收获的庄稼装满车辆;五谷繁茂丰熟,米粮堆积满仓。'我看他拿的祭品很少,而祈求的东西太多,所以笑他。"于是齐威王就把礼物增加到黄金千镒、白璧十对、驷马车百辆。淳于髡告辞,立刻出行,来到赵国。赵王拨给他十万精兵,一千辆包有皮革的战车。楚国听到这个消息,连夜退兵。

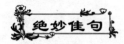

不飞则已,一飞冲天;

不鸣则已,一鸣惊人。

情规义劝

作者简介

　　诸葛亮(公元 181—公元 234 年),字孔明,号卧龙,琅邪阳都(今山东沂南)人。他是汉朝司隶校尉诸葛丰的后代。诸葛亮是三国时期蜀国杰出的政治家、思想家、军事家。千百年诸葛亮成为智慧的化身,其传奇性故事为世人传诵。诸葛亮的著述,在《三国志》本传中载有《诸葛氏集目录》,共 24 篇,104112 字。后人所编,以清人张澍辑本《诸葛忠武侯文集》较为完备。诸葛亮一生主要著作有:《前出师表》《后出师表》《隆中对》等。

诫子书

夫君子①之行,静以修身②,俭以养德,非淡泊③无以明志,非宁静无以致远。夫学须静也,才须学也,非学无以广才,非志无以成学。淫慢④则不能励精,险躁⑤则不能治性。年与时驰,意与日去,遂成枯落,多不接世,悲守穷庐⑥,将复何及!

注 释

①君子:西周、春秋时对贵族的通称,春秋以后泛指有德行的人。

②修身:努力提高自己的品德修养。

③淡泊:清静寡欲。

④淫慢:特慢的意思。

⑤险躁:躁急的意思。

⑥穷庐:贫者所居之所。

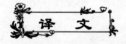

译 文

德才兼备人的品行,是依靠内心安静精力集中来修养身心的,是依靠俭朴的作风来培养品德的。不看轻世俗的名利,就不能明确自己的志向,不是身心宁静就不能实现远大的理想。学习必须专心致志,增长才干必须刻苦学习。不努力学习就不能增长才智,不明确志向就不能在学习上获得成就。追求过度享乐和怠惰散漫就不能振奋精神,轻浮暴躁就不能陶冶性情。年华随着光阴流逝,意志随着岁月消磨,最后就像枯枝败叶那样,(成了无所作为的人)对社会没有任何用处,(到那时)守在自家的狭小天地里,悲伤叹息,还有什么用呢?

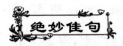

绝妙佳句

静以修身,俭以养德。

非淡泊无以明志,非宁静无以致远。

作品简介

《世说新语》是南北朝时期(公元 420 年—公元 581 年)有关东汉到南朝刘宋人物轶事的杂史。作者是宋的临川王刘义庆(公元 403 年—公元 444 年),梁朝的刘峻(字孝标)作注。

在汉代时,刘向曾写《世说》,但已散失。《世说新语》原名也是《世说》,所以为和刘向的区别,又叫《世说新书》,宋代之后改为现在这个名字。全书原来有八卷,刘孝标注本分成十卷,现在的版本都是三卷,分德行、言语等三十六门,记载汉末到刘宋时名士贵族的轶事,主要是人物评论、清谈玄言和机智故事。此书所记事实虽然有的不太准确,但从中可以看出门阀世族的思想面貌,保存了社会、政治、思想、文学和语言等史料,有较高参考价值。

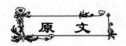
京房与汉元帝共论

京房^①与汉元帝共论，因问帝："幽、厉之君^②何以亡？所任何人？"

答曰："其任人不忠。"房曰："知不忠而任之，何邪？"曰："亡国之君各贤其臣，岂知不忠而任之！"房稽首^③白："将恐今之视古，亦犹后之视今也^④。"

注释

①京房：字君明，汉元帝时以孝廉为郎（皇帝的侍从官）。

②幽、厉之君：厉指周厉王，是西周时代的君主，在位时暴虐无道，滥施杀伐，终于被国人流放了。幽指周幽王，是厉王的孙子，在位时宠幸妃子褒姒，沉迷酒色，后来外族入侵，把他杀死。两人都是暴虐之君。

③稽(qǐ)首：古代最恭敬的一种礼节，跪下，拱手至地，头也至地。

④"将恐"句：汉元帝的亲信中书令石显和尚书令五鹿充宗专权，京房认为他们会犯上作乱，所以借幽、厉之君来向汉元帝进谏。

文学常识丛书

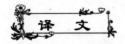
译文

京房和汉元帝在一起议论，趁机问元帝："周幽王和周厉王为什么灭亡？他们所任用的是些什么人？"元帝回答说："他们任用的人不忠。"京房又问:"明知他不忠,还要任用,这是什么原因呢?"元帝说:"亡国的君主,各自都认为他的臣下是贤能的。哪里是明知不忠还要任用他呢!"京房于是拜伏在地,说道:"就怕我们今天看古人,也像后代的人看我们今天一样啊。"

　　将恐今之视古,亦犹后之视今也。

情规义劝

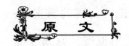

孙休好射雉

孙休①好射雉,至其时,则晨去夕返。群臣莫不止谏②:"此为小物,何足甚耽!"休曰:"虽为小物,耿介③过人,朕所以好之。"

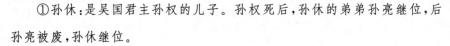

①孙休:是吴国君主孙权的儿子。孙权死后,孙休的弟弟孙亮继位,后孙亮被废,孙休继位。

②止谏:一作"上谏"。

③耿介:正直;心意专一。

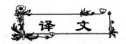

孙休喜欢射野鸡,到了射猎野鸡的季节,就早去晚归。群臣都劝止他说:"这是小东西,哪里值得过分迷恋!"孙休说:"虽然是小东西,可是比人还耿直,我因此喜欢它。"

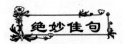

虽为小物,耿介过人,朕所以好之。

文学常识丛书

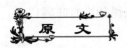

臣何敢言盛

孙皓①问丞相陆凯②曰:"卿一宗在朝有几人?"陆曰:"二相、五侯,将军十馀人。"皓曰:"盛哉!"陆曰:"君贤臣忠,国之盛也;父慈子孝,家之盛也。今政荒民弊,覆亡是惧③,臣何敢言盛!"

注 释

①孙皓:吴国亡国之主,孙休死后,孙皓继位,荒淫骄横,朝野失望。后晋兵攻下建康,孙皓投降,吴国亡。

②陆凯:字敬风,吴人,和丞相陆逊同族。孙皓暴虐,陆凯直言敢谏,由于他宗族强盛,孙皓不敢加诛于他。

③覆亡是惧:惧覆亡。

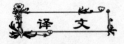
译 文

孙皓问丞相陆凯说:"你们那个家族在朝中做官的有多少人?"陆凯说:"两个丞相,五个侯爵、十几个将军。"孙皓说:"真兴旺啊!"陆凯说:"君主贤明,臣下尽忠,这是国家兴旺的象征;父母慈爱,儿女孝顺,这是家庭兴旺的象征。现在政务荒废,百姓困苦,臣唯恐国家灭亡,还敢说什么兴旺啊!"

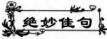

君贤臣忠,国之盛也;父慈子孝,家之盛也。今政荒民弊,覆亡是俱,臣何敢言盛!

文学常识丛书

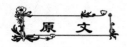

谢鲲劝大将军

谢鲲为豫章太守，从大将军下，至石头①。敦谓鲲曰："余不得复为盛德之事②矣！"鲲曰："何为其然？但使自今已后，日亡日去③耳。"敦又称疾不朝，鲲谕敦曰："近者，明公之举，虽欲大存社稷，然四海之内，实怀未达。若能朝天子，使群臣释然，万物之心，于是乃服。仗民望以从众怀，尽冲退④以奉主上，如斯，则勋侔一匡⑤，名垂千载。"时人以为名言。

107

注 释

①"谢鲲"句：谢鲲曾为大将军玉敦的长史，后被王敦降为豫章太守。晋元帝永昌元年（公元 322 年）王敦借口镇北将军、丹阳尹专权，以声讨刘隗、清君侧为名起兵反，带着他一起攻下石头城。杀了刘隗等人后，不朝见晋帝就退兵回武昌。

②盛德之事：品德高尚之事，指辅佐君主之事。王敦这句话表明了他目无君主、准备篡位的意图。

③日亡日去：《晋书·谢鲲传》作"日忘日去"，《资治通鉴·晋纪十四》"但使自今以往，日忘日去耳"。

④冲退：谦虚退让。

⑤侔一匡：指和一匡天下之功相等。一匡，指一匡天下，使天下一切得

到纠正。

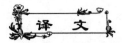

译 文

　　谢鲲任豫章太守的时候，随大将军王敦东下，到了石头城。王敦对谢鲲说："我不能再做那种道德高尚的事了！"谢鲲说："为什么要说这样的话？只要从今以后，让以前的猜嫌一天天忘掉就是了。"王敦又托病不去朝见，谢鲲劝告他说："近来您的举动虽然是想极力地保存国家，可是全国的人还不了解您的真实意图。如果能去朝见天子，使群臣放下心来，众人的心才会敬佩您。掌握人民的愿望来顺从众人的心意，全都用谦让之心来侍奉君主，这样做，功勋就可以等同一匡天下，也能够名垂千古。"当时的人认为这是名言。

绝妙佳句

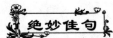

　　近者，明公之举，虽欲大存社稷，然四海之内，实怀未达。若能朝天子，使群臣释然，万物之心，于是乃服。仗民望以从众怀，尽冲退以奉主上，如斯，则勋侔一匡，名垂千载。

文学常识丛书

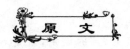

廷尉张闿在小市居

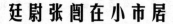

　　元皇帝时，廷尉张闿在小市居，私作都门，蚤闭晚开①。群小②患之，诣州府诉，不得理；遂至挝③登闻鼓④，犹不被判。闻贺司空⑤出，至破冈⑥，连名诣贺诉。贺曰："身被征作礼官，不关此事。"群小叩头曰："若府君复不见治，便无所诉。"贺未语，令且去，见张廷尉当为及之。张闻，即毁门，自至方山迎贺。贺出见辞之⑦，曰："此不必见关，但与君门情⑧，相为惜之民。"张愧谢曰："小人有如此，始不即知，蚤已毁坏。"

109

　　①"元皇"句：按《晋书·贺循传》说："廷尉张闿(kǎi)住在小市，将夺左右近宅以广其居，乃私作都门，早闭晏开"。张闿任廷尉后，以疾解职，拜为金紫光禄大夫。不久病死。都门，京都中里门，里门指街巷的门。

　　②群小：老百姓，这里指跟张闿住在一个街坊的人。

　　③挝(zhuā)：敲击。

　　④登闻鼓：一种谏鼓，挂在朝堂外，有所谏议或有冤屈者，可以击鼓上达。

　　⑤贺司空：贺循，字彦先。为人言行举止，必讲礼让，晋元帝时任太常，为九卿之一，主管祭祀礼乐，所以下文说作礼官。死后赠司空。

⑥破冈:地名。

⑦出见辞之:余嘉锡《世说新语笺疏》以为是"出辞见之"的误倒,就是"以群小诉词示阊也"。

⑧门情:世代相交之情。贺循的曾祖父贺齐和张阊的曾祖父张昭都是吴国的名将,两人也很友好,所以是有门情。

晋元帝时,廷尉张阊住在小市场上,他私自设置街道大门,每天关门很早,开门却很晚。附近的百姓为这事很发愁,就到州衙门去告状,衙门不受理;终于弄到去击登闻鼓,还是得不到裁决。大家听说司空贺循外出,到了破冈,就连名到他那里告状。贺循说:"我被调做礼官,和这事无关。"百姓给他磕头说:"如果府君也不管我们,我们就没有地方申诉了。"贺循没有说什么,只叫大家暂时退下去,说以后见到张廷尉一走替大家问起这件事。张阊听说后,立刻把门拆了,而且亲自到方山去迎接贺循。贺循拿出状辞给他看,说:"这件事本用不着我过问,只是和您是世交,为了您才舍不得扔掉它。"张阊惭愧地谢罪说:"百姓有这样的要求,当初没有立刻了解到,门早已拆了。"

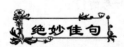

此不必见关,但与君门情,相为惜之民。

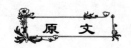

郗太尉晚节好谈

　　郗太尉①晚节好谈,既雅非所经②,而甚矜之。后朝觐,以王丞相末年多可恨,每见,必欲苦相规诫。王公知其意,每引作他言。临还镇,故命驾诣丞相,丞相翘须厉色③,上坐便言:"方当乖别,必欲言其所见。"意满口重,辞殊不流④。王公摄其次⑤,曰:"后面未期,亦欲尽所怀,愿公勿复谈。"郗遂大瞋,冰⑥衿而出,不得一言。

　　①郗太尉:郗鉴,曾和王导、庾亮等受晋明帝遗诏,辅佐成帝。咸和初年,兼任徐州刺史,镇守京口,后为司空,进位太尉。下文说及"还镇",大概仍然是镇守京口。

　　②经:治理,考虑。

　　③丞相翘须厉色:一本无"丞相"二字,这是对的。翘须厉色的是郗鉴。

　　④不流:不流畅,指语无伦次。

　　⑤摄其次:指整理他言谈的顺序。摄,整理。

　　⑥冰衿:心情冰冷。衿,心怀,心情。

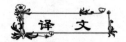

译 文

太尉郗鉴晚年喜欢谈论，所谈的事既不是他向来所考虑的，又很自负。后来朝见皇帝的时候，因为丞相王导晚年做了许多遗憾的事，所以每次见到王导，定要苦苦劝戒他。王导知道郗鉴的意图，就常常用别的话来引开。后来郗鉴快要回到所镇守的地方，特意坐车去看望王导，他翘着胡子，脸色严肃，一落座就说："快要分手了，我一定要把我所看到的事说出来。"他很自满，口气很重，可是话说得特别不顺当。王导整理他言谈的顺序，然后说："后会无定期，我也想尽量说出我的意见，就是希望您以后不要再谈论。"郗鉴于是非常生气，心情冰冷地走了，一句话也说不出来。

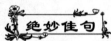

后面未期，亦欲尽所怀，愿公勿复谈。

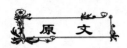

卿何所闻

　　王丞相为扬州，遣八部从事之职①。顾和时为下传还，同时俱见②。诸从事各奏二千石③官长得失，至和独无言。王问顾曰："卿何所闻？"答曰："明公作辅，宁使网漏吞舟④，何缘采听风闻，以为察察⑤之政！"丞相咨嗟称佳，诸从事自视缺然也。

　　①"王丞相"句：东晋初，王导任丞相军咨祭酒，兼任扬州刺史。扬州当时统属丹阳、会稽等八郡。按当时官制，每郡置部从事一人，主管督促文书、察举非法等事，所以王导分遣部从事八人。之职，到职视事。

　　②"顾和"句：王导任扬州刺史时，调顾和任从事，这是和部从事不同的职务。这里的"下传"，可能指乘传车（驿车）。当时州里有别驾从事一职，刺史视察各地时，别驾就乘传车随行。顾和大概只以从事身分随部从事到郡里去。

　　③二千石：是郡太守的通称。太守的俸禄为二千石，即月俸一百二十斛。

　　④网漏吞舟：能吞下一条船那样的大鱼逃脱了鱼网，指大坏人逃脱了法网。这里指宁可粗疏一点，也不要捕风捉影。

　　⑤察察：清明。

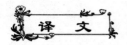

　　丞相王导任扬州刺史时,派遣八个部从事到各郡任职。顾和当时也随着到郡里去,回来以后,大家一起谒见王导。部从事们各启奏郡守的优劣,轮到顾和,唯独他没有发言。王导问顾和:"你听到什么了?"顾和回答说:"明公任大臣,宁可让吞舟之鱼漏网,怎么能寻访传闻,凭这些来推行清明的政治呢!"王导赞叹着连声说好,众从事也自愧不如。

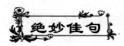

　　明公作辅,宁使网漏吞舟,何缘采听风闻,以为察察之政!

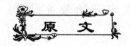

苏峻东征沈充

苏峻东征沈充,请吏部郎陆迈与俱①。将至吴,密敕左右,令入阊门②放火以示威。陆知其意,谓峻曰:"吴治平未久,必将有乱。若为乱阶,请从我家始③。"峻遂止。

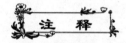

①"苏峻"句:晋明帝太宁二年(公元 324 年),王敦再次起兵反,并任沈充为车骑将军。沈充也就起兵直向建康。朝廷召临淮太守苏峻领兵入卫京都,大破沈充军。

②阊门:吴的西郭门。

③"若为"句:陆迈是吴郡吴(今江苏省吴县)人,反对苏峻在吴地放火,所以先说破苏峻的意图。阶,凭借、原因。

译 文

苏峻起兵东下讨伐沈充,请吏部郎陆迈和他一起出征。快要到吴地的时候,苏峻秘密吩咐手下的人,叫他们进阊门去放火来显示军威。陆迈明白苏峻的意图,对他说:"吴地刚太平了不长时间,这样做一走会引起骚乱。如果要制造骚乱的借口,请从我家开始放火。"苏峻这才作罢。

绝妙佳句

吴治平未久,必将有乱。若为乱阶,请从我家始。

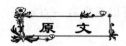

罗君章为桓宣武从事

罗君章为桓宣武从事,谢镇西①作江夏,往检校之。罗既至,初不问郡事,径就谢数日饮酒而还。桓公问有何事,君章云:"不审公谓谢尚何似人?"桓公曰:"仁祖是胜我许人。"君章云:"岂有胜公人而行非者,故一无所问。"桓公奇其意而不责也。

117

①谢镇西:谢尚,字仁祖,曾任建武将军、江夏相,后进号镇西将军。江夏郡属荆州,当时桓温(死谥宣武)都督荆、梁四州诸军事,任荆州刺史。

译文

罗君章任桓温手下的从事,当时镇西将军谢尚任江夏相,桓温派罗君章到江夏检查谢尚的工作。罗君章到江夏后,从不问郡里的政事,径直到谢尚那里喝了几天酒就回去了。桓温问他江夏有什么事,罗君章反问道:"不知道您认为谢尚是怎样的人?"桓温说:"仁祖是胜过我一些的人。"罗君章便说："哪里有胜过您的人而会去做不合理的事呢，所以政事我一点也不问。"桓温认为他的想法很奇特，也就不责怪他。

岂有胜公人而行非者，故一无所问。

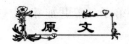

远公虽老讲论不辍

　　远公在庐山中，虽老，讲论不辍。弟子中或有堕者①，远公曰："桑榆之光②，理无远照，但愿朝阳之晖③，与时并明耳!"执经登坐，讽诵朗畅，词色④甚苦⑤。高足之徒，皆肃然增敬。

情规义功

119

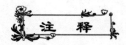

　　①堕者:同"惰者"，懒惰的人。

　　②桑树之光:照在桑榆、榆树梢上的落日余辉,比喻老年时光。

　　③朝阳之晖:比喻年少时光。

　　④词色:同"辞色"，言辞和表情。

　　⑤苦:指恳切。

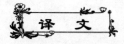

　　惠远和尚住在庐山里,虽然年老了,还不断地宣讲佛经。弟子中有人不肯好好学,惠远就说:"我像傍晚的落日余辉,按理说不会照得久远了,但愿你们像早晨的阳光,越来越亮呀!"于是拿着佛经,登上

讲坛，诵经响亮而流畅，言辞神态非常恳切。高足弟子，都更加肃然起敬。

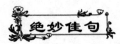

桑榆之光，理无远照，但愿朝阳之晖，与时并明耳！

文学常识丛书

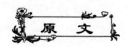

桓南郡好猎

桓南郡①好猎，每田狩②，车骑甚盛，五六十里中，旌旗蔽隰③。骑良马，驰击若飞，双甄④所指，不避陵壑。或行陈⑤不整，麐⑥兔腾逸，参佐无不被系束。桓道恭，玄之族也，时为贼曹参军⑦，颇敢直言。常自带绛绵着绳腰中，玄问："用此何为？"答曰："公猎，好缚人士，会当⑧被缚，手不能堪芒⑨也。"玄自此小差。

①桓南郡：桓玄，是桓温的儿子，曾任江州刺史、荆州刺史等职。

②田狩：打猎。

③隰(xí)：低而湿的地方。

④双甄：作战时军队的左右两翼称双甄。打猎也像打仗，所以也称两翼为双甄。

⑤行陈：即行阵，军队的行列。

⑥麐(jūn)：獐子。

⑦贼曹参军：参军是州府的属官，参军分曹（即分科、分部门）办事，贼曹是其中一个部门。

⑧会当：总有一天会。

⑨芒：刺。缚人用粗麻绳，绳粗有刺，所以自带绵绳，以免麻刺扎手。

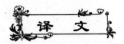

桓南郡喜欢打猎。每次外出打猎,车马随从很多,五六十里范围内族旗遍布田野,骏马驰骋,追击如飞,左右两翼人马所到之处,不避山陵沟壑。倘若队伍行列不整齐獐子野兔逃跑了,部下没有不被捆绑的。桓道恭,与桓南郡桓玄是同一家族,当时任贼曹的参军,非常敢于直话直说。常常自己带着紫红色的棉绳,放在腰间。桓玄问他这是干什么用的,他回答说:"您打猎时喜欢捆绑人,我也免不了要被捆绑,但我的手受不了粗绳上的芒刺。"桓玄从此略好了一些。

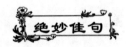

公猎,好缚人士,会当被缚,手不能堪芒也。

作者简介

丘迟(公元 464—公元 508 年),字希范,浙江吴兴(湖州)人。南朝梁著名文学家。其父灵鞠,也是当时著名文人。丘迟在南齐时以秀才升殿中郎,入萧衍幕为骠骑主簿。萧衍代齐建梁,丘迟为中书郎。天监三年,他出任永嘉太守,在任 4 年。提倡农桑,重视教化,崇尚俭约富民。虽然他的政绩史书记载较少,却是万历《温州府志》中南梁五十五年内入志的两位郡守之一。临川王萧宏伐魏,丘迟为谘议参军兼记室,时陈伯之率军抗梁,丘迟以一篇《与陈伯之书》打动陈伯之率部归降,其中"暮春三月,江南草长,杂花生树,群莺乱飞……"描写温州等江南景色,脍炙人口。回朝后升中书侍郎、司空从事中郎。天监七年,卒于任所,年仅 44 岁。丘迟善诗,工骈文。钟嵘《诗品》评其"点缀映媚,似落花依草"。所作《永嘉郡教》一文中说"贵郡控带山海,利兼水陆。实东南之沃壤,一都之巨会。"他的作品由张溥辑为《丘司空集》,入《汉魏六朝百三家集》中。

123

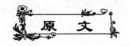

与陈伯之书

迟顿首①陈将军足下：无恙②，幸甚幸甚。将军勇冠三军③，才为世出④，弃燕雀之小志，慕鸿鹄以高翔⑤。昔⑥因机⑦变化，遭遇明主⑧；立功立事，开国称孤⑨。朱轮华毂⑩，拥旄万里⑪，何其壮也！如何一旦为奔亡之虏⑫，闻鸣镝而股战⑬，对穹庐⑭以屈膝，又何劣邪！

寻君去就之际⑮，非有他故，直以不能内审诸己⑯，外受流言⑰，沉迷猖獗⑱，以至于此。圣朝赦罪责功⑲，弃瑕⑳录用，推赤心㉑于天下，安反侧于万物㉒；将军之所知，不假仆一二谈也㉓。朱鲔喋血于友于㉔，张绣剚刃于爱子㉕，汉主不以为疑，魏君待之若旧。况将军无昔人㉖之罪，而勋重于当世。夫迷涂知反，往哲是与㉗；不远而复，先典攸高㉘。主上屈法申恩，吞舟是漏㉙；将军松柏不翦㉚，亲戚安居，高台未倾㉛，爱妾尚在，悠悠尔心㉜，亦何可言！今功臣名将，雁行有序㉝。佩紫怀黄㉞，赞帷幄之谋㉟；乘轺建节㊱，奉疆埸㊲之任。并刑马作誓㊳，传之子孙。将军独靦颜借命㊴，驱驰毡裘之长㊵，宁㊶不哀哉！

夫以慕容超㊷之强，身送东市㊸；姚泓㊹之盛，面缚西都㊺。故知霜露所均，不育异类㊻；姬汉旧邦，无取杂种。北虏僭盗中原㊼，

124

多历年所⁴⁸，恶积祸盈，理至燋烂⁴⁹。况伪孽⁵⁰昏狡，自相夷戮⁵¹；部落携离⁵²，酋豪猜贰。方当系颈蛮邸⁵³，悬首藁街⁵⁴，而将军鱼游于沸鼎⁵⁵之中，燕巢于飞幕⁵⁶之上，不亦惑乎⁵⁷！

暮春三月，江南草长，杂花生树，群莺乱飞。见故国⁵⁸之旗鼓，感乎生于畴日⁵⁹，抚弦登陴⁶⁰，岂不怆恨⁶¹。所以廉公之思赵将⁶²，吴子之泣西河⁶³，人之情也；将军独无情哉！想早励良规⁶⁴，自求多福。

当今皇帝盛明，天下安乐。白环西献⁶⁵，楛矢东来⁶⁶。夜郎滇池⁶⁷，解辫请职⁶⁸；朝鲜昌海⁶⁹，蹶角受化⁷⁰。唯北狄⁷¹野心，掘强沙塞⁷²之间，欲延岁月之命⁷³耳。中军临川殿下⁷⁴，明德茂亲⁷⁵，总兹戎重⁷⁶。吊民洛汭⁷⁷，伐罪秦中⁷⁸。若遂⁷⁹不改，方思仆言，聊布⁸⁰往怀，君其详之⁸¹。丘迟顿首。

情观义劝

注　释

①顿首：古代书信用语，表致敬，用于开头或结尾。

②无恙：没有忧愁病痛。古人常用的问候语。

③勇冠三军：勇敢为三军第一。

④才为世出：（是）当代杰出的人才。

⑤弃燕雀之小志，慕鸿鹄以高翔：语出《史记·陈涉世家》："陈涉少时，尝于人佣耕，辍耕之垄上，怅恨久之，曰'苟富贵，无相忘！'佣者笑而应曰：'若为佣耕，何富贵也？'陈涉太息曰：'嗟乎！燕雀安知鸿鹄之志哉！'"

⑥昔：以前，当初。

⑦因机：顺着时机。因，顺。机，时机。

⑧遭遇明主:指陈伯之当年背齐投梁的事情。明主,指梁武帝萧衍。

⑨立功立事,开国称孤:陈伯之原为齐将领,梁武帝起兵讨齐,陈伯之投降,并帮助梁平齐,封丰城县开国公,邑二千户。孤,诸侯自称。

⑩朱轮华毂:指装饰华丽的车子。汉制二千石以上乘朱轮。毂,车轮中心的圆木。

⑪拥旄万里:拿着梁朝颁发的旄节号令一方。拥旄,古代高级武官持节统制一方。拥,持。旄,即旄节,古代用牦牛尾装饰的旗帜。

⑫奔亡之虏:逃跑投敌的俘虏。指陈伯之的投降北魏。

⑬闻鸣镝而股战:听见箭响腿就发抖。鸣镝,响箭。《史记·匈奴列传》:"冒顿乃作为鸣镝,习勒其骑射。"股,大腿。

⑭穹庐:北方游牧民族居住的帐篷。

⑮寻君去就之际:推究您背梁投北魏的时候。寻,推求。去就,指陈伯之去梁而就北魏。

⑯直以不能内审诸已:只是自己内心不能反复思考。直,仅,只。审,反复考虑。

⑰流言:挑拨离间的话。

⑱沉迷猖獗:迷惑糊涂,狂妄作乱。猖獗,失败。

⑲圣朝赦罪责功:指梁朝要求被赦者立功赎罪。责,强令,要求。

⑳瑕:这里指过失。

㉑赤心:真心,诚心。

㉒安反侧于万物:使一切由于顾虑怀疑而有异心的人都能稳定下来。反侧,疑惧不安。此句与上句事见《后汉书·光武帝纪》。光武破铜马等军时不怀疑投降的人,曾轻骑入降军营中。降军说他"推赤心置人腹中"。又在攻破邯郸城后,把吏人毁谤他,要求发兵攻击他的文书当众烧掉说:"使反侧子自安。"

㉓不假仆一二谈也：不必由我一一细说了。假，待。仆，古人与人交际时对自己的谦称。一二谈，一样一样地叙述。

㉔朱鲔喋血于友于：指朱鲔曾参与刘玄杀汉武帝之兄。喋血，流血。友于，兄弟。

㉕张绣剚刃于爱子：指张绣曾杀了曹操的儿子。张绣，汉末的军阀，先投降了曹操，后又举兵攻操，杀死了曹操的长子昂和侄子安民。两年后，张绣又投降了曹操，被封列候。剚，杀。

㉖昔人：指朱鲔指朱鲔、张绣。

㉗往哲是与：是先贤所赞许的。往哲，先贤。与，嘉许，赞许。

㉘不远而复，先典攸高：意思是在错误的道路走不远就回来，为古代典籍所推崇。复，返。先典，古书。攸，所。

㉙主上屈法申恩，吞舟是漏：梁武帝废法加恩，连像吞舟之鱼这样罪恶深重的人都漏掉了。吞舟，指吞舟的大鱼，比喻罪恶重大的人。

㉚松柏不翦：指祖先的坟墓没有受到破坏。古人常在坟墓上栽松柏，所以松柏代指坟墓。

㉛高台未倾：指住宅也没有受到损坏。高台，指住宅。

㉜悠悠尔心：意思是你仔细思量一下。悠悠，反复思虑的样子。尔，你。

㉝今功臣名将，雁行有序：现在文武百官，按品级大小，排的整整齐齐，像雁群飞行时排成的行列一样。

㉞佩紫怀黄：指享受高官厚禄。

㉟赞帷幄之谋：参与制定军国大计。帷幄，军帐。

㊱乘轺建节：坐着轻便的马车，竖起竹节。轺，轻便的小马车。建，竖起。节，缀有牦牛尾的竹棍，古代使者持作凭证。

㊲疆场：疆场。

㊳刑马作誓:杀了战马,饮血宣誓。刑,杀。

㊴靦颜借命:厚着脸皮,贪生怕死。

㊵驱驰毡裘之长:为游牧部落的首领奔走效劳。毡裘之长,这里指北魏的皇帝。

㊶宁:岂,难道。

㊷慕容超:鲜卑族的南燕君主。

㊸东市:本指汉代长安处决犯人的地方,后泛指刑场。

㊹姚泓:羌族建立的后秦君主。

㊺面缚西都:在长安被缚。面缚,背缚。面,背。西都,长安。

㊻故知霜露所均,不育异类;姬汉旧邦,无取杂种:这几句是对北方的少数民族的污蔑性说法,含有强烈的种族偏见。均,分布。

㊼北虏僭盗中原:指北魏窃据中原地区。

㊽多历年所:已有多年。历,经过。

㊾理至燋烂:照理应该灭亡了。

㊿伪孽:指北魏宣武帝。

51自相夷戮:指北魏统治集团内部自相残杀。

52部落携离:许多部落要脱离北魏的统治。携离,三心二意。

53系颈蛮邸:在官邸被杀。系颈,丝带拴在脖颈上。

54悬首藁街:意思是北魏的君主很快就会被缚到京城,斩首示众。藁街,汉代长安街名,蛮邸就设在这里。

55鼎:煮东西用的器具。

56飞幕:飘动的帷幕。

57不亦惑乎:不是太糊涂了吗?惑,糊涂。

58故国:指梁朝。

59畴日:过去的日子。畴,从前。

⑥陴:城上的女墙。

⑥怆恨:悲哀。

⑥廉公之思赵将:战国时赵国名将廉颇,屡次立下战功,后受到同僚忌恨,不得已出亡到魏国,还时常回去为赵国出力。

⑥吴子之泣西河:战国时魏国名将吴起,本来任西河(现在陕西合阳一带)太守,魏武帝听信谗言,把他召回。吴起临行时,望着西河哭泣说:我走后,西河必定要被秦国夺去。后来果然如此。

⑥想早励良规 :希望您早日作出妥善的打算。励,勉励。

⑥白环西献:西部的部落来献白环。

⑥楛矢东来:东部的部落来献楛矢。

⑥夜郎滇池:古代的两个国家。

⑥解辫请职:指放弃自己的风俗习惯,请求朝贡。解辫,表示改用汉人服饰,以示归诚。

⑥昌海:即吕蒲海。

⑦瓡角受化:指低头表示降伏。

⑦北狄:指北魏。

⑦沙塞:指沙漠边塞。

⑦岁月之命:一年半载之间的活命。意思是苟延残喘。

⑦中军临川殿下:中军将领临川王萧宏。

⑦明德茂亲:品德高尚,又和皇帝是至亲。茂亲,至亲。萧宏是汉武帝的弟弟。

⑦总兹戎重:主持北伐军国大事。戎,军事。

⑦吊民洛汭:去安慰中原一带受外族压迫的人民。吊,慰问。

⑦秦中:指现在的陕西。

⑦遂:一直。

⑩布:陈说。

⑪君其详之:请您仔细掂量吧。详,推究。

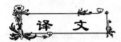

丘迟拜上,陈大将军足下:(一向)安好,万分荣幸。将军的英勇是全军之首,才能也是应世的豪杰。(您)摈弃(庸人的)燕雀小志(及时脱离了齐国),仰慕(贤能的)鸿鹄高飞的远大抱负(而投奔了梁王)。当初(您)顺应机缘,(改换门庭),碰上了贤明的君主梁武帝,(才)建立功勋,成就事业,得以封爵称孤,(一出门)有王侯们乘坐的(装饰华丽的)车子,拥有雄兵,号令一方,又是多么雄壮、显赫!怎么一下子竟成了逃亡降异族的(叛逆),听见(胡人的)响箭就两腿发抖,面对着北魏的统治者就下跪礼拜,又(显得)多么卑劣下贱!

(我考虑)您离开梁朝投靠北魏的当时,并不是有其他的原因,只不过是因为自己内心考虑不周,在外受到谣言的挑唆,(一时)执迷不悟(不辨是非)行动失去理智,才到了今天(叛梁降魏)这个(局面)圣明的梁朝廷(能)宽赦(过去的)罪过而重在要你立新功,不计较过失而广为任用(人才),以赤诚之心对待天下之人,让所有心怀动摇的人能消除疑虑安定下来,(这)您是都清楚的,不须我再一一细说了。(记得)朱鲔曾参预杀害汉光武帝的哥哥刘縯,张绣曾用刀刺杀了曹操的爱子曹昂,光武帝刘秀并不因此疑忌(朱鲔),(反而诚心诚意地招降了他),魏王曹操(在张绣归降以后)待他仍像过去一样,况且,您既无朱、张二人的罪过,功勋又见重于当代呢!误入迷途而知道复返,这是古代贤明之人所赞许的(做法),在过错还不十分厉害的时候而能改正,这是古代经典中所推崇的(行为)。皇上转缓刑法申明恩德,(法网宽疏得)连吞船的大鱼都可漏网;您家的祖坟

文学常识丛书

130

未被损毁,亲族戚属也都安在,家中住宅完好,妻子仍在家中。您心里好好想想吧,还有什么可说的呢。现在,满朝功臣名将都各有封赏任命,并然有序;结紫色绶带在腰,怀揣黄金大印在身的(文职官员),参预谋划军、国大计;(各位)武将轻车竖旄旗,接受着保卫边疆的重任,而且朝廷杀马饮血设誓,(功臣名将)的爵位可以传给子孙后代。唯独您还厚着脸皮,苟且偷生,为异族的统治者奔走效力,岂不是可悲的吗!

凭南燕王慕容超的强横,(终至)身死刑场,凭后秦君主姚泓的强盛,也(落得个)在长安被反缚生擒的下场。因此明白道,天降雨露,分布各地,(只是)不养育外族;我中原姬汉古国,决不容有杂种同生。北魏霸占中原已有好多年了,罪恶积累已满,照理说已将自取灭亡。更何况伪朝妖孽昏聩狡诈,自相残杀,国内各部四分五裂,部族首领互相猜忌,各怀心思,(他们)也正将要从(自己的)官邸被绑缚到京城斩首示众。而将军您却像鱼一样在开水锅里游来游去,像燕子一样在飘动的帷幕上筑巢(自寻死路),(这)不太糊涂了吗?

暮春三月,在江南草木已生长起来,各种各样的花朵竞相开放,一群一群的黄莺振翅腾飞。(您)(如今与梁军对垒,每当登上城墙,手抚弓弦,远望故国军队的军旗,战鼓,回忆往日在梁的生活,岂不伤怀!(当年出亡到魏国的)廉颇仍想作赵国的将帅,(战国时魏将)吴起(知自己离去,西河将被秦占领)而痛哭流涕的原因,都是(人对故国的)感情。难道唯独您没有(这种)感情吗?切望您能早定良策,自己弃暗投明。

当今皇上极其开明,天下平安欢乐,(有人)从西方献上白玉环,(有人)从东方进贡措木箭。(西南边远地方的)夜郎、滇池两国,解开辫发(改随汉人习俗),请求封官,(东方的)朝鲜,(西方的)昌海两地的百姓,都叩头接受教化。只有北方的北魏野心勃勃,(横行在)黄沙边塞之间,作出执拗不驯的(样子),企图苟延残喘罢了!(我梁朝)全军统帅临王萧宏,德行昭明,是梁武帝的至亲,总揽这次北伐军事重任,到北方安抚百姓,讨伐罪魁。倘若您仍执迷不悟,不思悔改,(等我们拿下北魏时)才想起我的这一番话,(那就太晚了)。姑且用这封信来表达我们往日的情谊,希望您能仔细地考虑这件事。丘迟拜上。

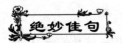

暮春三月,江南草长,杂花生树,群莺乱飞。见故国之旗鼓,感乎生于畴日,抚弦登陴,岂不怆恨。所以廉公之思赵将,吴子之泣西河,人之情也;将军独无情哉!想早励良规,自求多福。

作者简介

　　罗隐(公元 833—909 年),是浙江新城(今富阳新登)人,原名横,字昭谏,后因屡试不第,愤而改名为隐,自号江东生。他的曾祖和祖父都任过福州福唐县令,父亲也应过开元礼,为贵池尉。罗隐 27 岁就在贡籍,"才了十人,学弹百代。"(沈崧《罗给事墓志》),谁知十次应试,却十次落第!"自己卯至于庚寅,一十二年,看人变化"(《湘南应用集序》),"寒饿相接,殆不似寻常人"(《谗书·序》)。此后十六七年,"东归霸国以求用"(《五代史补》),除家乡浙江外,还有陕西、河南、山西、江西、湖北、湖南、四川、安徽、江苏等,但都"龃龉不合"(《十国春秋·罗隐传》)。

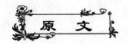

越 妇 言

买臣之贵也,不忍其去妻①,筑室以居之,分衣食以活之,亦仁者之心也。

一旦②,去妻言于买臣之近侍曰:"吾秉箕帚③于翁子左右者,有年矣。每念饥寒勤苦时节,见翁子之志,何尝不言通达④后以匡国⑤致君为己任,以安民济物⑥为心期⑦。而吾不幸离翁子左右者,亦有年矣,翁子果通达矣。天子疏爵⑧以命之,衣锦以昼之⑨,斯亦极⑩矣。而向所言者,蔑然⑪无闻。岂四方无事使之然耶?岂急于富贵未假⑫度者耶?以吾观之,矜于一妇人,则可矣,其他未之见也。又安可食其食!"乃闭气而死。

文学常识丛书

①去妻:前妻。

②一旦:一天。

③秉箕帚:拿着簸箕、扫帚,指做洒扫庭除之事。意思是为人妻。

④通达:做高官。

⑤匡国:匡正国家。

⑥济物:救济百姓。物,这里指人。

⑦心期:心愿,志愿。

⑧疏爵：赐给爵位。疏，分、赐。

⑨昼之：使他白天行走，比喻荣归故里。

⑩极：顶点。

⑪蔑然：泯灭、消失的样子。

⑫未假：不暇，没空闲。假，通"暇"。

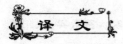

朱买臣富贵之后，不忍心他的前妻（过穷苦的日子），建了房子让前妻居住，分出衣服食物来养活前妻，这也是仁人之心。

有一天，前妻对朱买臣身边的仆人说："我在朱夫子身边操持家务有好多年了。每每想起我们遭受饥寒、为生活而辛苦奔忙的日子，见到朱夫子的志向，何尝不说做了官之后要把治理国家、使君主成为尧舜之君当作自己的任务，要把安定人民、救济百姓作为自己的心愿。我不幸离开朱夫子身边也有些年头了，朱夫子果然官运亨通了。天子赏赐官禄任用他，让他显达之后，荣归故里。但是他以前所说的，声息悄然，全没再听到了。难道是天下太平使他这样吗？难道是边疆没有战事而使他这样吗？难道因为急于富贵没有空闲考虑以前的志向吗？以我看来，他也只能在一个妇人面前夸耀，至于其他的就没有什么值得称道的了。我又怎么能吃他的食物呢！"说完，就自缢而死。

岂四方无事使之然耶？岂急于富贵未假度者耶？以吾观之，矜于一妇人，则可矣，其他未之见也。又安可食其食！

作者简介

司马光(1019—1086年)，北宋大臣、史学家。字君实，陕州夏县(现在属山西省)涑水乡人，世称涑水先生。宝元进士。仁宗末年任天章阁待制兼侍讲知谏院。他立志编撰《通志》，作为封建统治的借鉴。治平三年(1066年)撰成战国迄秦的八卷上进。英宗命设局续修。神宗时赐书名《资治通鉴》。王安石行新政，他竭力反对，与安石在帝前争论，强调祖宗之法不可变。被命为枢密副使，坚辞不就，于熙宁三年(1070年)出知永兴军(现在陕西省西安市)。次年退居洛阳，以书局自随，继续编撰《通鉴》，至元丰七年(1084年)成书。他从发凡起例至删削定稿，都亲自动笔。遗著有《司马文正公集》《稽古录》等。

谏院题名记

古者谏无官，自公卿大夫，至於工商，无不得谏者。汉兴以来，始置官。

夫以天下之政，四海之众，得失利病，萃[1]於一官使言之，其为任亦重矣。居是官者，当志[2]其大，舍其细；先其急，后其缓；专利国家而不为身谋。彼汲汲於名者，犹汲汲於利也，其间相去何远哉？

天禧初，真宗诏置谏官六员，责其职事。庆历中，钱君始书其名於版，光恐久而漫灭[3]。嘉佑八年，刻於石。後之人将历指其名而议之曰："某也忠，某也诈，某也直，某也曲。"呜呼！可不惧哉！

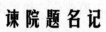
①萃：交萃，集中。

②志：重视，注意。

③漫灭：磨减，磨灭。

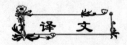
在古代没有专门来规劝君王的官职，从官居高位的公卿大夫到市井百

姓从事手工业和从商的人,都可以规劝君王。(等到)汉朝兴盛开始,才有了谏官的称号。

将天下所有的政事,四海之内的百姓,国家社稷的得与失,优势和弊病,都交萃于谏官身上,让他正确地将一切说出来。(谏官)的责任相当重啊!要当好一个谏官,(应当)注意重要的方面,舍弃细微的地方;把情况紧急的事放在前面,把不要紧的事放在后面;只为国家作贡献而不要将自己放在国家前面。那些在名声方面急切的人,一定会在利益方面贪图。(如果这样成为一个谏官的话)那其中的差距可太大了吧!

天禧初年的时候,真宗下诏设立谏官六名,来监督皇帝的行为。庆历中的时候,钱君开始将谏官的名字书写在专门的文书上,恐怕日子长了名字会磨灭掉。(于是)在嘉佑八年时,将谏官的名字刻在石头上。(这样)以后的人就可以逐个对着名字议论道:"这个人是忠臣,这个人是奸臣,这个人正直,这个人偏邪。"哎,真是令人警戒啊!

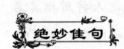

夫以天下之政,四海之众,得失利病,萃於一官使言之,其为任亦重矣。居是官者,当志其大,舍其细;先其急,后其缓;专利国家而不为身谋。彼汲汲於名者,犹汲汲於利也,其间相去何远哉?

文学常识丛书

作者简介

刘基(1311—1375年)明初大臣、文学家。字伯温,浙江青田人。元至顺间举进士,任高安丞,有廉直声。又任江浙儒学副提举。博通经史,尤精象纬之学,时人比之诸葛亮。刘基精通天文、兵法、数理等,尤以诗文见长。其文与宋濂齐名,诗与高启并称。诗文古朴雄放,不乏抨击统治者腐朽,同情民间疾苦之作。著有《郁离子》十卷,《覆瓿集》二十四卷,《写情集》四卷,《犁眉公集》五卷等,后均收入《诚意伯文集》。

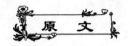

司马季主论卜

东陵侯①既废,过司马季主②而卜焉。

季主曰:"君侯何卜也?"东陵侯曰:"久卧者思起,久蛰者思启,久懑③者思嚏。吾闻之:'蓄极则泄,閟极则达,热极则风,壅极则通。一冬一春,靡屈不伸;一起一伏,无往不复。'仆窃有疑,愿受教焉!"季主曰:"若是,则君侯已喻之矣!又何卜为?"东陵侯曰:"仆未究其奥也,愿先生卒教之。"

季主乃言曰:"呜呼!天道何亲?惟德之亲。鬼神何灵?因人而灵。夫蓍④,枯草也,龟,枯骨也,物也。人,灵于物者也,何不自听而听于物乎?且君侯何不思昔者也?有昔必有今日。是故碎瓦颓垣,昔日之歌楼舞馆也;荒榛断梗,昔日之琼蕤⑤玉树也;露蛬⑥风蝉,昔日之凤笙龙笛也;鬼磷萤火,昔日之金釭⑦华烛也;秋荼⑧春荠,昔日之象白⑨驼峰⑩也;丹枫白荻,昔日之蜀锦齐纨也。昔日之所无,今日有之不为过;昔日之所有,今日无之不为不足。是故一昼一夜,华开者谢;一春一秋,物故者新。激湍之下,必有深潭;高丘之下,必有浚⑪谷。君侯亦知之矣!何以卜为?"

①东陵侯:秦贵族,秦亡,为平民,卖瓜为生。

②司马季主:汉初楚人,以卖卜为生,见《史记·日者列传》。本文系假托古人。

③懑:烦闷。

④蓍(shī):用蓍草占卜叫筮,用龟甲占人叫卜。

⑤蕊(ruì):指花。

⑥蛬(gǒng):蟋蟀。

⑦釭(gāng):灯。

⑧荼(tú):苦菜。

⑨象白:象脂。

⑩驼峰:骆驼背上隆起的肉峰。与象白均指珍贵的食品。

⑪浚:深。

 译 文

东陵侯在秦亡后废为平民,于是他到司马季主那里去占卜。

司马季主说:"君侯您为了什么事要来占卜呢?"东陵侯说:"一个人久卧在床,就想要起来,长久地与世隔绝,就想要与人交往,气闷在胸,时间长了就会打喷嚏。我还听人说:'蓄积过分,就会发泄;昏闷过甚,就要通达。热极了,要刮风,壅塞到了极至,就会开通。一冬一春之间,不会总是屈而不伸;事物有起有伏,不会总是有去无还。'然而我对此私下里还有疑惑,愿听听您的指教。"季主说:"照您刚才说的,君侯已经很明白事理了,何必还来占卜呢?"东陵侯说:"我总觉得还没有透彻地了解其中深奥的道理,但愿先生能好好开导我。"

季主这才说:"唉! 天道与谁常在呢? 它只照应有德行的人啊! 鬼神本身有什么灵验呢? 它是靠人事才显现出灵验来的。占卜用的蓍草,只不过是几茎枯草,龟甲也只是几块枯骨罢了,全都是物体而已。人,要比物灵,为什么不相信自己,却去相信物所显现的征兆呢? 而且,君侯您何不想想过去呢? 有过去才有今日,是互为因果的。因而,你看到的那些碎瓦断墙,曾经是昔日的歌楼舞榭;那些荒树残枝,也曾是盛开的鲜花,临风的玉树。蟋蟀和蝉儿在风露中鸣叫,昔日乃是悠扬的龙笛凤箫;幽绿的鬼磷,闪烁的萤火,谁说不是昔日的金灯华烛呢! 那秋日的苦菜,春天的荠菜,乃是从前象白驼峰那样的美味佳肴;至于那丹枫和白荻,又何尝不是昔日昂贵的蜀锦齐纨呢! 过去没有的,如今有了,这并不为过;过去有的,如今已消失,那也不为不足。因而,一日一夜间,花开了又谢;一春一秋间,万物凋零而又复苏。需知湍激的河流下,必有静静的深潭;高高的山岭下,必有深深的峡谷。君侯您已经明白这一枯一荣的道理了,何必再占卜呢?"

一冬一春,靡屈不伸;一起一伏,无往不复。

作者简介

　　宋濂(1310—1381年),字景濂,号潜溪,浦江(现在浙江义乌)人。他家境贫寒,但自幼好学,曾受业于元末古文大家吴莱、柳贯等。他一生刻苦学习,"自少至老,未尝一日去书卷,于学无所不通"。元朝末年,元顺帝曾召他为翰林院编修,他以奉养父母为由,辞不应召,修道著书。

　　明初朱元璋称帝,宋濂就任江南儒学提举,为太子讲经。洪武二年(1369年),奉命主修《元史》。累官至翰林院学士承旨、知制诰。洪武十年(1377年),以年老辞官还乡。后因长孙宋慎牵连胡惟庸党案,全家流放茂州(现在四川省茂汶羌族自治县),途中病死于夔州(现在重庆奉节县)。

　　在我国古代文学史上,宋濂与刘基、高启并列为明初诗文三大家。他以继承儒家封建道统为己任,为文主张"宗经""师古",取法唐宋,著作甚丰。他的著作以传记小品和记叙性散文为代表,散文或质朴简洁,或雍容典雅,各有特色。朱元璋称他为"开国文臣之首",刘基赞许他"当今文章第一",四方学者称他为"太史公"。著有《宋学士文集》。

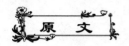
送东阳马生序

　　余幼时即嗜学。家贫，无致书以观，每假借于藏书之家，手自笔录，计日以还。天大寒，砚冰坚，手指不可屈伸，弗之怠。录毕，走送了，不敢稍逾约。以是人多以书假余，余因得遍观群书。既加冠①，益慕圣贤之道。又患无硕师名人与游，尝趋百里外从乡之先达②执经叩问。先达德隆望尊，门人弟子填其室，未尝稍降辞色③。余立侍左右，援疑④质理⑤，俯身倾耳以请；或遇其叱咄，色愈恭，礼愈至，不敢出一言以复；俟其欣悦，则又请焉。故余虽愚，卒获有所闻。

　　当余之从师也，负箧曳屣⑥，行深山巨谷中，穷冬烈风，大雪深数尺，足肤皲裂⑦而不知。至舍，四支僵劲不能动，媵人⑧持汤⑨沃灌⑩，以衾拥覆，久而乃和。寓逆旅⑪主人，日再食，无鲜肥滋味之享。同舍生皆被绮绣，戴朱缨宝饰之帽，腰白玉之环，左佩刀，右备容臭⑫，烨然⑬若神人；余则缊袍⑭敝衣处其间，略无慕艳意，以中有足乐者，不知口体之奉⑮不若人也。盖余之勤且艰苦此。

　　今诸生学于太学⑯，县官⑰日有廪稍⑱之供，父母岁有裘葛之遗，无冻馁之患矣；坐大厦之下而诵《诗》《书》，无奔走之劳矣；有司业、博士⑲为之师，未有问而不告，求而不得者也；凡所宜有之书皆集于此，不必若余之手录，假诸人而后见也。其业有不精，德有不成者,非天质之卑,则心不若余之专耳,岂他人之过哉?

东阳马生君则在太学已二年,流辈⑳甚称其贤。余朝京师㉑,生以乡人子谒余。撰㉒长书㉓以为贽㉔,辞甚畅达。与之论辨,言和而色夷㉕。自谓少时用心于学甚劳。是可谓善学者矣。其将归见其亲也,余故道为学之难以告之。

注释

①加冠:古时男子二十岁举行加冠礼,表示已经成年。这里即指二十岁。

②先达:有名望的前辈。

③辞色:言辞和脸色。

④援疑:提出疑难问题。

⑤质理:质询道理。

⑥负箧(qiè)曳屣(xǐ):背着书箱,趿拉着鞋子。

⑦皲(jūn)裂:皮肤受冻开裂。

⑧媵(yìng)人:这里指女仆。

⑨汤:热水。

⑩沃灌:即盥洗。

⑪逆旅:客舍。

⑫容臭:指香囊。

⑬烨(yè)然:光彩闪耀的样子。

⑭缊(yùn)袍:以乱麻、旧絮衬于其中的袍子。

⑮口体之奉:指衣食的享用。

⑯太学:古代中央的最高学府,明代称国子监。这里沿用旧称。

⑰县官：这里指朝廷。

⑱廪稍：廪食，即伙食费用。

⑲司业、博士：指国子监司业、国子监博士，都是教官。

⑳流辈：同辈。

㉑余朝京师：宋濂于洪武十年致仕，次年又到南京朝见皇帝。

㉒撰：撰写。

㉓长书：长信。

㉔贽：见面礼物。

㉕夷：平。

译 文

我小时候就特别喜欢读书。家里贫穷，没有办法买书来读，常常向藏书的人家去借，（借来）就亲手抄写，计算着日期按时送还。天很冷时，砚池里的水结成坚硬的冰，手指（冻得）不能弯曲和伸直，也不因此停止。抄写完了，赶快送还借书，不敢稍稍超过约定的期限。因此人家都愿意把书借给我，于是我能够阅读很多书。到了成年以后，更加仰慕古代圣贤的学说，又担心没有才学渊博的老师和名人相交往（请教），曾经跑到百里以外向同乡有名望的前辈拿着书请教。前辈道德、声望高，高人弟子挤满了他的屋子，他从来没有把语言放委婉些，把脸色放温和些。我恭敬地站在他旁边。提出疑难，询问道理，弯着身子侧着耳朵请教。有时遇到他斥责人，（我的）表情更加恭顺，礼节更加周到，一句话不敢回答；等到他高兴了，就又请教。所以我虽很笨，终于获得教益。

当我去求师的时候，背着书籍，拖着鞋子，在深山大谷中奔走，深冬刮着凛冽的寒风，大雪有几尺深，脚上的皮肤冻裂了不知道。等走到旅舍，四肢冻僵了不能动弹，服侍的人拿来热水（给我）洗手暖脚，拿被子（给我）盖上，过很久才暖和过来。在旅馆里，每天只吃两顿饭，没有鲜美的食物可以享受，一起住在旅馆的同学们，都穿着华美的衣服戴着红缨和宝石装饰的帽子，腰上佩带白玉环，左边佩着刀，右边挂着香袋，闪光耀眼好像仙人。而我却穿着破棉袄旧衣衫生活在他们中间，毫无羡慕的心思。因为我心中有自己的乐趣，不感到吃穿和享受不如别人了。我求学时的勤恳艰辛情况大体如此。

现在这些学生在大学里学习，政府天天供给膳食，父母年年送来冬服夏装，（这就）没有挨冻挨饿的忧虑啦；坐在高大宽敞的房屋之下读着《诗》《书》，（这就）没有东奔西走的劳累啦；有司业、博士做他们的老师，没有问而不告诉，求知而得不到的啦；一切应有的书都集中在这里，（这就）不必像我那样亲手抄写，向别人借来然后才能看到啦。（要是）他们学业（还）不精通，德行（还）有不具备的，（那就）不是（他的）智力低下，而是（他的）思想不像我那样专注罢了，难道是别人的过失吗？

马生君在大学学习已经两年了，同辈的人称赞他贤能。去官之后进京朝见皇帝，他以同乡晚辈的身份拜见我。写了一篇长信做见面礼，言辞很流畅通达。同论的文相比，语言委婉、神色和悦。自称小时候学习用功、刻苦。是可以称得上爱好学习的人。他将要回家乡探视他的双亲，我特意告诉了他求学的艰难。

当余之从师也，负箧曳屣，行深山巨谷中，穷冬烈风，大雪深数尺，足肤皲裂而不知。至舍，四支僵劲不能动，媵人持汤沃灌，以衾拥覆，久而乃和。寓逆旅主人，日再食，无鲜肥滋味之享。同舍生皆被绮绣，戴朱缨宝饰之帽，腰白玉之环，左佩刀，右备容臭，烨然若神人；余则缊袍敝衣处其间，略无慕艳意，以中有足乐者，不知口体之奉不若人也。盖余之勤且艰苦此。

作者简介

　　袁枚(1716—1797 年),清代诗人、诗论家,字子才,号简斋、随园先生,晚年自号苍山居士。浙江钱塘人。他是清代乾隆年间的进士,才华出众,诗文冠江南。他与纪晓岚(清乾隆四库全书的总编纂)有"南袁北纪"之称。袁枚是乾隆、嘉庆时期代表诗人之一,与赵翼、蒋士铨合称为"乾隆三大家"。

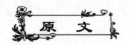
黄生借书说①

黄生②允修借书。随园主人授③以书而告之曰：

"书非借不能读也。子④不闻藏书者乎？七略四库，天子之书⑤，然天子读书者有几？汗牛塞屋，富贵家之书⑥，然富贵家之书，然富贵人读书者有几？其他祖父⑦积、子孙弃者⑧无论⑨焉。非独书为然⑩，天下物皆然。非夫人⑪之物而强⑫假焉，必虑人逼取，而惴惴⑬焉摩玩⑭之不已，曰：'今日存明日去，吾不得而见之矣。'若业⑮为吾所有，必高束⑯焉，庋⑰藏焉，曰：'姑⑱俟⑲异日⑳观'云尔㉑。"

文学常识丛书

"余幼好书，家贫难致㉒。有张氏藏书甚富。往借，不与㉓，归而形诸梦㉔。其切㉕如是㉖。故有所览辄省记㉗。通籍㉘后，俸㉙去书来，落落㉚大满，素蟫㉛灰丝㉜时蒙卷轴㉝。然后叹借者之用心专，而少时㉞之岁月㉟为可惜也！"

今黄生贫类㊱予，其借书亦类予；惟予之公㊲书与张氏之吝㊳书若不相类。然则予固不幸而遇张乎，生固幸而遇予乎？知幸与不幸，则其读书也必专，而其归㊴书也必速。

为一说，使与书俱㊵。

注 释

①选自《小仓山房文集》。

②生：古时对读书人的通称。

③授：交给，交付。

④子：对人的尊称，相当于现代汉语的"您"。

⑤七略四库，天子之书：七略四库是天子的书。西汉末学者刘向整理校订内府藏书。刘向的儿子刘歆继续做这个工作，写成《七略》。唐朝，京师长安和东都洛阳的藏书，有经、史、子、集四库。这里七略四库都指内府藏书。

⑥汗牛塞屋，富贵家之书：那汗牛塞屋的是富贵人家的藏书。这里说富贵人家藏书很多，搬运起来就累得牛马流汗，放置在家里就塞满屋子。汗，动词，使……流汗。

⑦祖父：祖父和父亲。"祖父"相对"子孙"说。

⑧弃者：丢弃的情况。

⑨无论：不须说，不用说，不必说。

⑩然：这样。

⑪夫人：那人。指向别人借书的人。

⑫强：勉强。

⑬惴惴：忧惧的样子。

⑭摩玩：摩挲玩弄，抚弄。

⑮业：业已、已经。

⑯高束：捆扎起来放在高处。束，捆，扎。

⑰庋：搁起来。

⑱姑：姑且，且。

⑲俟：等待。

⑳异日：日后，将来。

㉑尔：而已。

㉒难致：难以得到。

㉓与：给。

㉔形诸梦：形之于梦。在梦中现出那种情形。形，动词，现出。诸，等于"之于"。

㉕切：迫切。

㉖如是：这样。

㉗故有所览辄省记：（因为迫切地要读书，又得不到书。）所以看过的就记在心里。省，明白。

㉘通籍：出仕，做官。做了官，名字就不属于"民籍"，取得了官的身份，所以说"通籍"。这是封建士大夫的常用语。籍，民籍。通，动词，表示从民籍到仕官的提升。

㉙俸：俸禄，官吏的薪水。

㉚落落：堆积的样子。

㉛索蟫：白鱼，指书里的蠹虫。

㉜灰丝：指虫丝。

㉝卷轴：书册。古代还没有线装书的时期，书的形式是横幅长卷，有轴以便卷起来。后世沿用"卷轴"称书册。

㉞少时：年轻时。

㉟岁月：指时间。

㊱类：似、像。

㊲公：动词，同别人共用。

㊳吝：吝啬。

㊴归：还。

㊵为一说，使与书俱：作一篇说，让（它）同（出借）的书一起（交给黄生）。

![译文]

　　年轻人黄允修来借书。随园主人我把书交给他并且告诉他说："书不是借来的就不能好好地去读。您没有听说过那些收藏书籍的人的事吗？七略四库是天子的藏书，但是天子中读书的人又有几个？搬运时使牛累得出汗，放置在家就堆满屋子的书是富贵人家的书，但是富贵人家中读书的又有几个？其余像祖辈父辈积藏许多图书、子辈孙辈丢弃图书的情况就更不用说了。不只书籍是这样，天下的事物都这样。不是那人自己的东西而勉强向别人借来，他一定会担心别人催着要还，就忧惧地摩挲抚弄那东西久久不停，说：'今天存放在这里，明天就要拿走了，我不能再看到它了。'如果已经被我占有，必定会把它捆起来放在高处，收藏起来，说：'暂且等待日后再看'如此而已。"

　　"我小时候爱好书籍，但是家里贫穷，难以得到书读。有个姓张的人收藏的书很多。我去借，他不借给我，回来就在梦中还出现那种情形。求书的心情迫切到这种程度。所以只要有看过的书就认真深思并记住。做官以后，官俸花掉了，书籍买来了，一堆堆地装满书册。这样以后才慨叹借书的人用心专一，而自己少年时代的时光是多么值得珍惜啊！"

　　现在姓黄的年轻人像我从前一样贫穷，他借书苦读也像我从前一样；只是我的书借给别人同别人共用和姓张的人吝惜自己的书籍好像不相同。既然这样，那么我本来不幸是遇到姓张的呢，姓黄的年轻人本来幸运是遇到了我呢？懂得借到书的幸运和借不到书的不幸运，那么他读书一定会专心,并且他还书一定会很迅速。

写了这一篇借书说,让它同出借的书一起交给姓黄的年轻人。

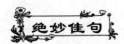

书非借不能读也。